날씨 통제사

날씨 통제사

최정화
소설집

창비

차례

그레이트 퍼시픽
데드 바디 패치

섬을 발견한 사람은 요트 항해사 찰리 무어였다. 그는 하와이 섬에서 캘리포니아까지 북태평양을 항해하는 경기에 참가하던 중 무풍 지대에 갇혀 고립되었다. 돛을 움직이며 수면 위를 움직여 보려고 애썼지만 요트는 꼼짝도 하지 않았다. 찰리는 부근의 바다가 이상하다는 낌새를 차렸다. 바다는 온통 끈적한 수프 같았다. 푸른 물결이 펼쳐져 있어야 할 그곳에는 누런 점액질의 물질들이 둥둥 떠 있었다. 견디기 어려운 악취는 기절할 지경이었다. 그 무형의 점액질은 요트의 주변을 완전히 에워쌌다. 고약한 냄새는 본능적인 두려움을 불러일으켜서 찰리는 잠시 시력을 잃은 듯 눈앞이 뿌옇게 흐려졌다.

찰리는 두 눈을 부릅뜨고 주변을 둘러보았다. 100킬로미터 전방에 섬이 보였다. 요트 대회의 경로를 충분히 익혀 두어 부근의 경로를 지도로 그릴 수 있을 정도였지만 섬은 보지도 듣지도 못한 지점에 있었다. 찰리는 사력을 다해 요트를 끌고 섬으로 갔다. 본능적인 두려움과 거부감은 '그리로 가선 안 된다'고 찰리를 붙들었다. 하지만 찰리는 두려움을 떨치고, 고약한 냄새를 뚫고, 누렇고 물컹하고 불쾌하기 그지없는 물성을 물리치고, 마침내 섬에 도착했다.

찰리는 그렇게 인간의 시체로 완전히 뒤덮인 섬, 그레이트 퍼시픽 데드 바디 패치[1]를 만났다. 섬에 가까이 갔을 때 찰리는 눈을 뜨지도 숨을 제대로 쉬지도 못했다. 그러나 눈앞에 펼쳐진 그 시체들의 섬이 자기와 같은 종족인 인간들로 이루어져 있다는 것을 분명히 알 수 있었다. 망치로 머리를 맞은 듯 얼얼한 충격 속에서 벗어나기도 전에 찰리가 섬의 하구에서 본 것은 자신의 연인 메리 사이프리드의 시체였다. 메리의 동공은 이미 빛을 잃었고 몸은 점액 물질로 온통 휘감겨 있었다. 썩어가는 연인의 시체를 버려두고 찰리는 도망치듯 섬에서 빠져나왔다.

메리는 찰리가 대회에 참여하기 직전까지 함께 있었다. 찰리가 요트에 올라타기 직전까지 그와 대화를 나누었고 찰리의

---

1)   Great Pacific Dead body Patch(GPDP): 태평양 거대 시체 지대. 1997년 찰스 무어가 태평양 한가운데서 발견한 GPGP(Great Pacific Garbage Patch, 태평양 거대 쓰레기 지대) 섬에서 차용한 허구의 섬이다. GPGP 섬은 사람들이 버린 쓰레기가 해류를 타고 흘러 모여 이루어졌다. 쓰레기 섬을 발견하게 된 경위는 찰스 무어가 쓰레기 지대를 발견한 실화에서 빌려 왔으나, 이 지대를 이루고 있는 것이 플라스틱 쓰레기(Garbage)가 아니라 사람의 시체(Dead body)라고 설정했고 그 외의 에피소드는 작가의 상상에 의한 허구다.

이름이 새겨진 작은 깃발을 들고 그를 열렬히 응원하고 있었다. 그런데 메리가 왜 여기에? 찰리와 메리는 함께 살고 있었다. 둘은 매일 아침 같은 침대에서 일어나 함께 식사를 했고, 조깅을 했고, 음악을 듣고, 술을 마셨다. 그리고 다음 달에 있을 결혼식에 초청할 하객들의 목록을 만들었다. 그게 불과 하루 전에 있었던 일이다. 그리고 태평양 한가운데서 발견한 시체들의 섬에, 부패하기 시작한 지 한 달은 더 지난 것으로 보이는 메리의 시체가 있다. 찰리는 GPDP 섬에 죽어 있는 메리가 가짜고 앨러미터스 만에 살고 있는 메리가 진짜 메리라고 생각할 수도 있었다. 그러나 불행히도 자기가 사랑한 메리는 전자라는 것을 알 수 있었다. 섬을 떠나 육지로 돌아온 찰리는 메리와 동거하던 집이 아니라 부모님이 살고 계신 본가로 돌아갔다.

찰리가 태평양 한가운데서 시체 섬을 발견했다는 뉴스는 별생각 없이 단지 잠을 깨우기 위해 습관적으로 티브이를 틀어 놓은 전 세계의 많은 이들을 뒤숭숭하게 만들었다. 미미도 그들 중 하나였다. 미미는 십 년 전인 고등학교 시절로 돌아가 수능 시험을 치르던 중 시험 감독과 화장실에 가는 문제로 실랑이를 벌이다가 꿈에서 깼다. 오줌을 누는 꿈은 횡재하는 꿈이었기 때문에 미미는 좀 아쉬워했다.

찰리의 인터뷰에 이어 화면에 나타난 건 조안나 플러스였다. 그는 미 국립과학원에 소속된 연구원인데 인공 지능과 로봇 전공이었다. 조안나에 의하면, 현재 시체들의 신원을 확인하는 중이며 아직 10퍼센트밖에 진행되지 않았지만 그 결과를 조심스럽게 미리 공개하자면 그들 중 사망 신고가 된 사람은 아무도 없다고 했다. 실종 신고의 경우도 마찬가지라고 했다. 조안나는 이런 발표를 하고 있는 게 스스로도 의아하다는 표정을 지으며 그들이 '살아 있다'고 했다. 시체들이 섬에 죽어 있는데도 불구하고 육지에서는 무사히 학교에 등교하고, 회사에서 퇴근하고, 관공서에서 서류를 떼었으며, 슈퍼와 백화점에서 식량과 옷, 가전제품을 구입했다는 것이다. 헬스클럽에서 하체 근육을 단련하고, 호프집에서 생맥주를 마시고, 심신의 위안을 위해 라벤더 향이 첨가된 샴푸를 구입했다. 시체들 대신 가짜 인간들이 세상에 살아가고 있다는 거였다.

"우리는 그들을 '낀 존재'라고 부르도록 하겠습니다. 사람들 틈새에 사람이 아닌 존재들이 '끼어 있다'는 거죠. 이들 낀 존재의 외양은 사람과 동일합니다. 그들이 어떻게 그렇게 할 수 있었는지는 이제 차차 밝혀질 것입니다. 일단 제가 지금 명확하게 여러분에게 말씀드릴 수 있는 한 가지는, 우리들 중 상당수가 이미 죽었다는 사실이에요. 꽤 많은 사람들이 이미 죽어 버렸는데도 거리를 살아 돌아다니고 있다는 말입니다. 당신의 친구가, 연인이, 가족들이 말이죠. 그리고 어쩌면 당신 자신이요."

뉴스 속보가 끝나고 광고가 이어졌다. 수목 드라마 「플라스틱 러브」에 출연 중인 배우 성시일이 좀 더 고급지게, 좀 더 깨끗하게, 그러나 좀 더 자극적인 양념으로 버무린 치킨을 먹으라며 윙크할 때, 미미는 그가 인간이라는 증거를 어디서 찾아야 할지 알 수 없었다. 치킨을 먹는다는 것도, 한쪽 눈을 감을 수 있다는 것도, 탐욕스럽다는 것도, 인종차별주의자라는 것도, 코 성형을 두 차례 했다는 것도, 가벼운 공황 장애를 겪고 있어서 플루옥세틴을 복용 중이라는 것도, 그 무엇도 그가 인간이라는 증거는 되지 못했다.

미스터리는 한 달 뒤에 풀렸다. 인간 행세를 하고 있는 건 블러(bller, 인간의 일상생활을 돕는 일회용 로봇)들이라고 했다. 버려진 블러들이 특정 인물에게 접근해 살인을 저지른 뒤에 시체를 유기하고 그 사람처럼 행동하면서 살아가고 있었다. 정부에서 사람과 블러를 구별하는 방법을 연구하고 있으며 구역마다 선별소를 설치해 인간으로부터 낀 존재들을 차차 분리해 내기 시작했다고 뉴스는 보도했다.

이처럼 블러가 도처에 만연하게 된 것은 단지 그것을 만드는 데 돈이 들지 않는다는 하나의 이유 때문이었다. 그래서 지구 곳곳은 어딜 가나 블러 천지였다. 이를테면 미미가 아침에 일어나 부랴부랴 세수를 하고 옷을 갈아입고 백을 메고 신사동에 있는 회사로 출근할 때, 미처 밥을 챙겨 먹을 시간이 없어서 회사 앞 베이커리에서 커피와 빵을 사면 빵을 잘라 주는 블러 A

와 커피에 시럽을 부어 줄 블러 B가 함께 제공되었다. 그 블러들은 공짜였다. 미미는 블러 A가 빵을 자르는 동안 업무 메일을 확인했다. 어젯밤까지 보내 주기로 한 광고 시안이 아직도 도착하지 않았다는 걸 확인하고 미미는 블러 A가 자른 빵을 입에 넣고 우물거렸다. 쫄깃한 찹쌀 반죽 안에서 단팥이 터지자 미미는 자기가 처한 상황과 관계없이 기분이 좋아졌다. 블러 B가 시럽을 붓고 커피를 저어 주고 나서 미미는 블러들을 테이블 옆에 있는 쓰레기통에 버렸다. 두 블러를 사용한 시간은 고작 오 분이었다.

미미는 블러를 시키지 않고 스스로 그 일을 할 수도 있었다. 하지만 블러 A와 블러 B는 빵을 살 때나 커피를 살 때 커피숍에서 무료로 제공되는 품목이었다. 미미는 블러들을 사양해도 된다는 사실, 혹은 사양할 수 있다는 사실에 대해서 한 번도 생각해 보지 못했다. 그래서 미미는 점원에게 남은 빵과 커피를 대신 들고 갈 블러가 하나 더 필요하다고 말했다. 점원은 그 정도는 기꺼이 도울 수 있다는 표정으로 블러 C를 건넸다. 블러 A, 블러 B가 그 일을 대신할 수 있었는데도 블러 C가 그 일을 했다. 단지 쓰레기통에서 블러들을 꺼내는 일이 더럽고 귀찮다는 이유로 미미는 새 블러를 받아 썼다. 블러 C는 왼손에 커피를 오른손에는 빵을 들고 오 분 거리인 미미의 회사까지 동행했다. 미미는 회사에 도착해서 커피와 빵을 직원용 냉장고에 넣고 블러 C를 쓰레기통에 넣었다.

　미미의 동료인 오가 출근할 때도 그와 비슷한 상황이 반복되었다. 오와 함께 사무실에 들어온 블러는 다섯이나 되었다. 거래처로 보낼 택배를 운반하는 블러 1, 퇴근 후에 생일 모임에서 친구에게 줄 선물을 들고 있는 블러 2, 오전 작업할 때 마실 커피를 들고 온 블러 3, 주말에 새로 구입한 컵을 들고 있는 블러 4와 사무실에서 신을 슬리퍼를 든 블러 5까지, 블러 한 명이 할 수 있는 일을 다섯이 하고 있었는데 그 이유 역시 블러가 공짜이기 때문이었다. 오는 블러에게서 받은 택배 상자를 책상 위에 올려놓고, 새 컵을 싱크대 위에, 슬리퍼는 갈아 신은 뒤에 커피를 받아 홀짝이면서 블러 넷을, 그동안 신던, 계속 신어도 되는, 그러나 싸기 때문에 버려도 상관없는 헌 실내화와 함께 쓰레기통에 버렸다. 선물을 든 블러는 사무실 구석에 세워 두고 오는 컴퓨터의 전원을 눌렀다.

　다른 직원들도, 사장도, 대리도, 팀장도 마찬가지였다. 모두가 블러와 함께 출근했다. 블러들은 제 할 일을 마치고 나면 모조리 쓰레기통에 버려졌다. 블러들은 아직 새것이었고, 다른 일들을 더 할 수 있었지만, 사람들은 그들을 단 한 번만 사용하고 버렸다.

　건강 염려증이 있고 사고사를 두려워하는 이구에게 시체

섬 뉴스는 경악할 만한 것이었다. 업무 일지를 확인하고 이러니저러니 잔소리를 하는 일도 없어졌고, 제일 먼저 퇴근하는 것도 이구였다. 사원들에게 갑자기 경어체를 사용했고, 사장실에 따로 불러 호통을 치는 일도 없어졌다. "이제 적당히 마무리하시고 퇴근들 하시지요."라며 머리를 조아리고 조용히 퇴근했다. 미미는 서둘러 업무 창을 닫고 컴퓨터를 종료했다. 미미는 사장의 사색이 된 표정 속에서 사원들 중 누군가가 블러일지 모른다는 인간 일반의 공포를 읽어 낼 수 있었다. 그러니까 그는 블러가 아닌 인간이리라. 미미는 지금이 사무실을 탈출할 가장 적절한 순간임을 깨달았다.

미미는 사장의 옆에 되도록 가까이 붙어 섰다. 사장의 얼굴은 사색이 되었다. 그는 미미가 인간이 아닐 가능성에 대해서 의심하는 듯했다. 미미와 한 엘리베이터에 타는 것을 원치 않는 것처럼 보였다. 미미도 마찬가지였다. 블러인지 인간인지 모르는 다른 사원들과 함께 퇴근하게 되는 상황, 정류장까지 함께 걸으며 담소와 뒷담화와 푸념, 내일을 향한 새로운 결심을 나누게 되는 그 상황을 원치 않았다. 그래서 더더욱 이구와 함께 건물을 벗어나고 싶었다. 그러나 사장을 안심시키려면 미미는 자기가 인간이라는 것을 증명해야 했다. 하지만 그걸 어떻게 증명할 수 있을까? 미미가 그 회사에 십 년 장기 근속했다는 사실도, 사장에게 결재를 받으러 갈 때마다 거스러미를 쥐

어뜯는 바람에 손톱 주변이 붉게 달아올라 있다는 것도, 오후 2시가 되면 시나몬 가루를 뿌린 캐러멜마키아토를 마신다는 것도, 매일 밤 맥주 한 캔을 마시지 않으면 잠에 들기 어렵다는 것도, 그 무엇도 미미가 인간이라는 증거는 아니었다.

엘리베이터가 도착하자 사장은 사무실에 지갑을 두고 왔다면서 미미에게 먼저 가라고 했다. 미미는 업무 관계로 의논하고 싶은 일이 있다고 대답하면서 기다릴 테니 얼른 다녀오시라고 했다. 사장은 "우리에겐 내일이 있잖아요. 내일 이야기하지요, 대리님. 일단 오늘은 먼저 퇴근하십시오!"라고 어색하게 외치면서 비상구 쪽으로 후다닥 사라졌다. 사장은 미미를 블러로 여기는 게 분명했다.

사무실 쪽에서 네댓의 발걸음 소리와 함께 동료들의 목소리가 들려왔다. 미미도 사장이 그랬던 것처럼 비상구 쪽으로 후다닥 몸을 숨긴 뒤 나선형으로 이어진 계단을 통해 재빨리 건물을 빠져나왔다. 미미는 빌딩 입구에서 멈추어 섰다. 이런 기분으로 집에 돌아가고 싶지 않았다. '수를 만날까? 오늘 야근이라고 했던가, 동창회라고 했나? 다른 누군가에게 연락을 해 볼까?' 하지만 미미가 고개를 들어 정면을 바라봤을 때 거리를 오가는 수많은 사람들, 그중의 누군가 블러일지도 모른다는 사실을 떠올리자 두려움이 급습했다. 미미는 재빨리 버스를 탔고 집 앞 슈퍼에서 반찬거리를 사는 것도 잊은 채 집으로 직행했다.

사장이 블러임이 밝혀지면서 회사는 문을 닫았다. 미미는 매운 마라탕을 처음 먹었을 때처럼 정신이 아득해졌다. 시체섬 뉴스가 발표되던 날 사장이 황급히 사무실을 나간 이유가 그럼 그 때문이었단 말인가? 미미가 블러일까 봐서가 아니라 자신이 블러임을 들킬까 봐?

미미는 그렇게 허망하게 실직자가 되었다. 여기저기 이력서를 내 보았지만 신입 사원으로 입사하기에는 나이가 너무 많았고 경력직으로는 애매했다. 창업도 생각해 보았지만 투자할 자금이 부족했고 아르바이트를 해서는 생활비가 부족했다. 연인인 수는 미미가 우울 증세를 보인다면서 정신 건강을 지키기 위해 하루 한 시간 운동을 하고 백 문장 이상 대화할 것을 권했다. 상대가 블러일지 모르는 위급 상황인 만큼 신중해야 한다며 운동 코치 블러와 대화용 블러를 추천했다.[2] 수는 위험한 건 블러가 아니라 사람 행세를 하는 블러니까 사람보다 블러가 안전하다고 설명했다. "그들은 아직 사람인 척하지 않거든. 그러니까 블러들은 안전해. 멀쩡한 사람을 두고 블러인지 아닌지 의심하는 것보다는 이편이 낫지 않아?"

수의 설명에는 논리도 설득력도 없었다. 그러나 미미와 수

---

2)   실제로 거대 그물을 하늘에 실치헤 이산화 탄소를 포집하거나, 대기성층권에 에어로졸을 주입해 태양 반사층을 만드는 등 지구 온난화를 막기 위한 연구가 이뤄지고 있으나 그 위험성도 함께 보고되고 있다.

뿐만 아니라 다른 이들 모두 블러를 두려워하면서도 사용을 멈추지 못하는 기이한 상황에서 벗어나지 못하고 있었다. 거기에는 매우 명확하고 단순한 이유가 있었다. 블러가 위험하다고 생각하면 불편했기 때문이다. 편리함에 중독된 나머지 죽음조차 위협이 되지 않았다.

수는 GPDP 섬에 별 관심이 없었다. 다른 일들로도 사람들은 그만큼 죽어 간다면서 미미가 그렇게 호들갑을 떠는 건 단지 그 일로 인해 직장을 잃었기 때문일지도 모른다고 말했다. "문제가 뭔데? 인간들 사이에 블러들이 끼어 있다고? 그렇다면 그 블러들을 하나씩 찾아내 처리하면 문제가 해결되겠네." 그런 식이었다.

미미는 블러를 두려워하지 않는 수가 의심스러웠다. 그럴 때면 그 생각을 지우기 위해 수가 우동을 먹는 장면을 떠올렸다. 물론 수가 우동을 즐겨 먹는다는 것은 성시일이 치킨을 먹는 것과 같은 의미였다. 수가 블러를 사용하는 데 아무런 경각심을 느끼지 못하는 것도, 무논리의 주장을 펼치는 것도, 사태를 직시하려 들지 않는 것도, 편리함에 젖어 후일을 내다보지 못하는 것도, 그가 인간이라는 증거는 아니었다.

두 사람이 기후 위기에 관한 전시 미술 데이트를 하기로 한 날 약속 장소에 수가 나타나지 않았다. 수는 카톡을 보내도 확인하지 않고, 핸드폰으로 전화해도 연결이 되지 않았다. 결국

수의 집에 전화를 걸자 수의 어머니가 전화를 받았다. "미미니? 애야, 미미야, 이게 어찌 된 일인지 모르겠다. 수가 블러라지 뭐니! 너도 그 이야길 듣고 전활 건 거야? 우리 가족들은 모두 난리가 났단다. 그럼 진짜 내 아들 수는 어디 있단 말이니? 쓰레기섬에 버려져 있다는 거니, 수가? 우리 아들이?" 수의 어머니가 두서없이 사정을 늘어놓았을 때 미미는 손에서 힘이 풀리는 것도 알아차리지 못한 채 바닥에 떨어진 핸드폰에서 웅웅거리는 목소리를 어렴풋하게 들을 수 있었다.

미미는 한동안 수와 자주 다니던 카페와 음식점, 만화방, 찜질방 같은 곳을 찾아다녔다. 거길 가면 수와의 기억이 되살아났다. 언제, 어디까지가 진짜 수였을까? 언제, 어디서부터가 블러였을까? 미미는 그게 언제였는지를 기억해 내려고 애쓰다가, 그게 다 무슨 소용인가 싶어졌다.

수와 자주 산책하던 경복궁 앞 중국집에서 짜장면을 먹다가, 미미는 재방송 중인 수목 드라마 화면의 하단을 지나는, 작은 글씨로 쓰인 속보에서 부모님이 살고 계시는 주소지를 읽었다. 서울 장위동 53-1번지, 부모와 자녀 일가족 모두가 블러로 확인됨. 미미는 두 눈을 껌뻑거리면서 단무지를 몇 개 집어 먹었다. 단무지의 노란 물이 혀를 적실 때면 아무 생각도 들지 않고 오로지 새콤달콤한 맛에만 집중할 수 있었다. 드라마가 끝나고 뉴스 속보가 방송되었다. 미미는 낯이 익은 어느 가정집의 내부를, 명절이나 공휴일에 놀러 갈 때마다 자신이 뒹굴던 소파 위에 주인을 잃은 고양이가 태연하게 앉아 있는 장면을 확인했다. 함께 살고 있던 고양이조차 블러로 판명되었다는 기자의 말에 미미는 짜장면 그릇을 떨어뜨렸다. 그릇이 바닥에 떨어지는 소리를 들으며 미미는 정신을 차리려고 애썼다. 미미는 호흡을 가다듬으며 핸드폰을 꺼내 운전 블러를 주문했다. 도저히 혼자 걸어갈 수 없을 것 같았다. 미미는 심리 상담 블러도 함께 주문했다.

미미는 블러가 운전하는 차를 타고 집으로 돌아가 상담 블러와 한 시간 정도 대화를 나눴다. 상담 블러는 우울 수치가 높게 나왔지만, 가족과 연인을 동시에 잃은 경우치고는 감정 조절을 잘하고 있는 상황이라고 진단했다. 처방보다는 컨디션 조절을 위해 일상의 리듬을 유지할 것을 권했다. 미미는 운전 블러와 상담 블러를 쓰레기통에 버린 뒤에 아무래도 잠이 오지 않아서 책 읽어 주는 블러를 신청했다. 미미는 『안드로이드는 전기 양의 꿈을 꾸는가?』를 골랐다. 제목만 보고 골랐기 때문에 잠이 잘 올 거라고, 어쩌면 달콤한 꿈을 꾸게 될지도 모른다고 생각했지만 복제 인간에 관한 서스펜스는 미미가 당면한 현실을 떠올리게 할 뿐이었다. 미미는 책 읽어 주는 블러를 끝까지 다 사용하지도 않고 쓰레기통에 버렸다.

버려진 블러들이 사람 행세를 하면서 이웃으로 살아가고

있다는 자각, 그들에게 생명을 잃은 가족과 연인을 생각하면 두려움이 엄습했다. 그래도 미미는 블러의 사용을 멈출 수 없었다. 블러를 사용하는 게 가장 편했기 때문이다.

사람들은 블러를 계속 만들어 냈다. 슈퍼에 나갈 때 심심하다는 이유로 하나, 또 등산을 할 때 가방을 대신 메는 용도로 또 하나, 그런 식으로 블러를 남발해서 그날 블러를 쓰고 그날 블러를 버렸다. 거리에는 망그러진 채로 바닥에 들러붙은 블러들의 시체가 즐비했다. 그래도 사람들은 아무 감정을 느끼지 못했다. 왜냐하면 블러는 너무 많았기 때문에 그게 어떤 가치가 있다고 누구도 생각하지 않았던 것이다. 블러는 공짜였고 어디서든 쉽게 구할 수 있었다. 그리고 블러를 함부로 사용하는 습관은 하루아침에 고쳐지지 않았다.

블러들의 도움으로 겨우 기운을 차린 미미는 GPDP 섬을 찾아가기로 했다. 그레이트 퍼시픽 데드 바디 패치. 수가 있는 곳, 사장이 있는 곳, 부모님과 동생이 있는 그곳에 다녀온다면 현실을 자각할 수 있을 것 같았기 때문이다.

비행기 안에서는 여전히 블러 승무원이 활동 중이었다. 승무원은 미미에게 안색이 좋지 않다면서 어디가 불편하냐고 물었다. 승무원이 갖다준 물을 한잔 마시고 나서 미미는 음악을 들었다. 쳇 베이커였다. 쳇 베이커를 한낮의 비행기 안에서 들는 건 새벽에 삼겹살을 구워 먹는 것만큼이나 부조화스럽게 느껴졌다. 주변 좌석을 둘러보니 혼자인 건 미미뿐, 대부분 블러를 사용 중이었다.

미국에 도착하자 미미는 가져온 돈의 절반으로 요트를 빌렸다. 섬에 찾아가 가족과 연인의 죽음을 애도하는 기간을 보낸 뒤 처음부터 다시 시작하겠다고 마음먹었다. 반쯤은 체념한 얼굴로 다시 사람들을 사귀고, 집에서 멀지 않은 곳에 적당한 직장을 얻어 조금은 무능한 캐릭터로 지내면서, 솜씨가 나쁘지 않은 새로운 식당을 찾아가 시큰둥한 단골손님이 되겠다. 근처에 음반집과 도서관 정도가 있다면 좋겠지……. 새로 시작하는 그 삶에 블러를 사용하는 일은 이제 없을 것이다.

미미가 요트 위에 서기까지는 일 년 반이 걸렸다. 강습을 받기 위해서는 일단 영어를 익혀야 했는데, 미미는 언어를 배우는 데 재주가 없어 애를 좀 먹었다. 단어를 외우는 데는 영 젬병이어서 학창 시절에도 외국어 점수는 늘 하위권이었다. 게다가 말이 없는 편이라 문장들을 배울 때마다 왜 그런 말까지 해야 하는지 의문이 들었다. 그러나 요트 강습을 듣는다는 목표를 떠올리면서 꾸준히 실력을 쌓았다. 꼬박꼬박 빠뜨리지 않고 영어 수업을 듣고 따로 모임을 만들어 복습도 하고 친구들을 사귀었다. 영어로 의사소통이 가능해지자 미미는 곧장 요트를 배우기 시작했다. 요트를 배우러 온 외국인 친구들을 통해 각국 블러들의 상황도 전해 들을 수 있었다. 미미는 친구들에게서 방글라데시에서, 케냐에서, 르완다에서 블러 사용이 완전히 금지되었다는 소식을 들었다.[3] 그런 일이 가능하다는 데서 미미는 희망을 얻었다.

"한국은 어때?"

케냐에서 온 아킨시의 질문에 미미는 잠시 망설였다.

"부끄럽지만 우리나라는 블러 제약에 있어서는 완전 뒤처져 있어. 한 사람이 하루에 열 개의 블러를 사용하는 경우까지 있거든. 물론 소수의 몇몇은 블러를 완전히 삶에서 제외시켰어. 그들은 블러가 없는 삶이 가능하다는 선례를 알리는 활동을 하고 있어. 하지만 대부분은 블러를 왜 사용해서는 안 되는지 질문하지 않아. 한국은 아직까지 블러의 천국이지. 1인당 블러 사용이 가장 많은 나라니까.[4] 신제품이 계속 개발되고 사양이 업그레이드되고 있고 사람들은 블러가 아직 쓸 만한데도 버리고 새걸 사용해. 블러는 공짜고 도처에 넘쳐나니까. 아마

---

3) 방글라데시는 2002년에 비닐봉지로 인한 수로와 배수 오염 문제로 세계 최초로 비닐봉지 사용 금지령을 내렸다. 케냐는 2007년부터 일회용품 사용에 대해 벌금과 징역형 등으로 엄중하게 처벌하기 시작했다. 르완다는 2008년부터 플라스틱 사용을 완전히 금지했고 출입국 공항에서 비닐봉지를 압수할 정도로 철저히 관리한다.

4) 2016년 기준 1인당 연간 플라스틱 소비량은 한국이 98.2킬로그램으로 1위, 미국이 97.7킬로그램으로 2위, 프랑스가 73킬로그램으로 3위이다. 4위는 일본으로 66.9킬로그램이다.

GPDP 섬의 시체 중 상당수가 한국인일 걸. 한국인과 미국인, 프랑스와 일본 사람이 가장 큰 희생자들일 거야."

드넓은 모래사장, 뜨끈하게 달아오른 해변, 형광색 수영복, 때로는 거의 전라로 해변을 거니는 사람들 틈새에 섞여 있으면 미미는 자기가 왜 여기에 와 있는지 잊곤 했다. 자기가 고소득의 전문직을 갖고 여러 해 동안 일하다 안식년을 맞아 한가하게 여행을 즐기는 중인 것처럼 느껴질 때가 있었다. 휴가를 얻어 그저 취미로 요트를 배우는 중이라고 말이다. 그런 착각은 얼토당토않았지만, 그마저 없었다면 미미는 무사히 그 시간을 견딜 수 없었을지도 모른다.

미미에게 현실을 자각하게 만드는 것은 모래사장 위에 버려진 블러들이었다. 텐트를 설치하는 블러, 태닝 오일을 발라 주는 블러, 바다에서 수영을 할 때 위험 신호를 보내 주는 일회용 블러들이 해변에 그냥 버려져 있었고, 미미는 그때마다 자기가 흠뻑 젖어 있는 환상적인 분위기가 분명한 착각이라는 것을 깨달았다. 외로움이 급습해 왔다. 그럴 때마다 미미는 누구보다 열심히 요트를 연습했다. 미미는 어린 시절 물속에서 쥐가 난 적이 있었고 수상 스키를 연습하다 강에 빠진 적이 있었지만 트라우마들을 멋지게 극복해 냈다. 섬에 가서 가족들을 만나고 진짜 수를 만나 그들의 영혼을 위로하리라. 이후의 삶이 어찌 될지 모르지만 오로지 편리함만을 추구하는 이기심을 버리고 세상과 조화를 이루며 살겠다고 마음먹었다.

　미미는 요트를 빌려 깃대를 꽂고 손수 제작한 현수막에 '제로 플라스틱, 세이브 지피디피'라고 적었다. 횡단 구역은 하와이에서 태평양, GPDP 섬을 처음 발견한 찰리 무어가 항해한 경로와 같았다. 함께 항해를 할 친구도 생겼다. 아킨시는 함께 사는 고양이 매니를 비롯한 다른 동물들(블러에게 희생된 동물들이 많았으나 동물 살해 블러의 선별 작업은 이루어지지 못한 실정이었다)을 위해 미미와 함께 GPDP 섬을 찾기로 했다.

　아킨시는 요트 돛에 달 깃발에 블러에 의해 희생된 동물들의 이름을 적었다. 그들은 왜 자기가 희생되어야 했는지 이유조차 짐작할 수 없었을 거라는 대화를 나누며 두 사람은 고개를 숙였다. 블러의 사용을 멈추기 위해서 자신들이 할 수 있는 일을 찾겠다고 손가락을 걸었다.

　두 사람의 요트가 하와이에서 출발하기까지 2년의 세월이 걸렸다. 넘실대는 바다 위에서 중심을 잃지 않고 바로 서기까지 얼마나 많이 물속에 처박혔는가. 쥐가 나서 몸이 굳고 소금물을 먹으며 가라앉아 죽는 꿈을 얼마나 많이 꾸었는가. 그런데도 포기하지 않고 결국은 GPDP 섬을 향해 떠날 수 있게 되었다. 미미는 섬에 도착하면 수를 만날 수 있고, 자기가 수를 알아보지 못한 데 대해 사과하리라고 생각하면 울렁이는 마음이 누그러졌다.

실제로 미미가 GPDP 섬에 도착한 것은 요트가 아니라 선박을 이용해서였다. 미미가 돛을 움직여 방향 전환하는 기술을 습득했을 즈음 GPDP 섬을 종착지로 한 선박 노선이 개설되었다. 섬에서 운영하는 작은 버스를 타고서 사파리 체험까지 가능했다. 일회용 블러의 사용을 금지하기 위한 캠페인의 일환으로 섬 자체를 관광지화한 것이었다. 사파리 차량에는 큰 글씨로 '블러들의 무분별한 사용이 인간을 죽이고 있습니다.'라고 써 붙였지만, 탑승한 승객들은 가지각색의 블러들과 함께였다. 섬이 너무 위험했기 때문이다. 사람들은 방독면을 쓰고 보호복을 입고서야 차량에 탑승할 수 있었고 위급 상황에 대처하기 위한 간호 블러의 동행은 의무였다.

미미는 사망 시 GPDP 섬에 책임을 묻지 않기로 서명하고 블러없이 체험에 참여했다. 아킨시도 마찬가지였다. 둘은 블러를 대신해 서로에게 의지가 되어 주기로 약속했다. 배를 타고 섬을 한 바퀴 도는 데 삼십 분 정도가 걸렸다. 시체의 얼굴을 확인할 수 없는 거리였기 때문에 거기서 가족과 연인을 찾는 일은 불가능해 보였다. 미미는 두 손을 가슴 앞에 모으고 내내 희생된 이들을 위해 기도했다.

미미는 거기서 인간뿐 아니라 다른 많은 동물들의 시체를 보았다. 새, 염소와 양, 곰과 소와 개와 고양이, 닭 등 많은 동물이 블러에 의해 희생되었다. 미미와 아킨시는 많은 눈물을 흘렸다.

물론 대부분은 사람의 시체였다. 얼굴을 분간할 수 없을 정도로 시체들은 썩어 있었다. 머리카락은 엉클어지고 반쯤 썩어 광대뼈가 물크러진 누군가의 시체를 향해 시선이 멈추었을 때 미미는 자리에서 그대로 얼어붙었다. 미미는 어떤 백인 남자 밑에 깔려 있는 자신의 모습을 보았다. 아무리 멀리 있다고 해도 그게 자기라는 걸 분명히 알 수가 있었다. 시체의 눈이 있었을 검은 구멍에서 다리가 긴 벌레 한 마리가 기어 나왔다. 아킨시가 옆에서 붙들지 않았다면 미미는 그 자리에서 쓰러졌을지도 모른다.

"왜 그래, 미미. 정신 차려. 뭘 본 거야? 가족들이야? 아니면 엑스 보이프렌드?"

아킨시가 미미의 어깨를 세게 흔들었다.

GPDP 섬에 다녀온 뒤에 아킨시는 전과 달라졌다. 매일 미미와 함께 모임을 만들고, 캠페인을 벌이는 등 열정적이던 모습은 사라지고 어딘가 얼이 빠진 듯 보였다. 매일 삼십 분 전에 와서 해변의 쓰레기들을 줍고, 강습을 받고, 수영과 다이빙을 즐기고, 관광객들과 스스럼없이 농담을 나누던 모습도 좀처럼 보기 어려웠다. 말수가 급격하게 줄어들고 상습에도 좀처럼 집중하지 못하는 것 같았다. 강습생들 사이에서는 그게 미미 때문이라는 소문이 돌았다. 미미와 아킨시가 그렇고 그런 사이였다는 거였다. GPDP 섬에서 둘이 심하게 다툰 이후, 화가 난 미미가 한국으로 돌아가자 아킨시는 정신적인 충격을 받고 성격이 완전히 돌변해 버렸다고 했다.

아킨시의 얘기는 달랐다. 미미가 메일이나 쪽지 한 장 남겨두지 않고 한국으로 돌아간 것은 맞지만 GPDP 섬을 체험한 충격에서 벗어나지 못했기 때문이라고 했다. 미미에게 충분한 애도의 시간이 필요한 것 같다고, 그리고 미미가 다시 미국으로 찾아오는 일은 없을 것 같다고 했다.

미미가 떠나고 한 달 뒤, 아킨시는 더 이상 강습을 받고 싶지 않아졌다면서 남은 돈을 환불받았다. 그리고 마지막으로 한 번 그동안 쌓은 실력을 발휘해 보고 싶다면서 요트를 빌렸다.

하와이에서 출발해 GPDP 섬을 경유하고 캘리포니아에 도착하는 경로를 계획했다. 한동안 무역풍을 타고 순조롭게 물살을 탔다. 섬이 있는 무풍지대에 인접하자, 시체 냄새가 코를 찔렀다. 처음 냄새를 맡았을 때보다 더 고약하게 느껴진 건 일전의 GPDP 섬 체험의 기억이 떠올랐기 때문일지도 몰랐다. 아킨시는 자기도 모르게 돛의 방향을 돌릴 뻔했다. '오래 걸리진 않을 거야. 버리고, 그냥 뒤돌아 나오면 돼.'

요트의 속도가 점차 느려지기 시작했다. 시체에서 흘러나온 찐득한 분비물들이 바닷물과 뒤섞어 밀도를 높였던 것이다.

아킨시는 돛을 내리고 엔진을 가동시켰다. 시체의 머리카락과 팔다리, 장기, 피부의 일부가 문드러진 채 사방으로 퍼져 나가고 있었다. 몇 사람의 머리가 뒤엉킨 채 요트의 선수에 걸리는 바람에 아킨시는 장대로 그걸 떼어 내느라 애를 먹었다.

마침내 아킨시는 태평양 거대 시체 지대에 도착했다. 그는 육지에서 요트에 실어 온 커다란 상자를 섬 주변에 버렸다. 상자 속에는 GPDP 섬을 향해 떠날 때 미미가 입었던, 가슴에 '블러 프리'라고 쓰인 초록색 티셔츠를 입은 아킨시의 시체가 들어 있었다. 미미는 그렇게 다시 죽었다. 미미가 죽었다는 걸 알게 되었으니 이제 미미로 살아가는 것보다 아킨시로 살아가는 편이 더 편리하리라는 것을 그가 깨달았기 때문이다. 미미의 시체가 된 아킨시가 GPDP 섬에 버려진 그 순간에도 지구 곳곳에서 새로운 블러들은 계속해서 태어나고 있었다. 왜냐하면 블러가 값싸고 편리했기 때문이다.

벙커가 없는 자들

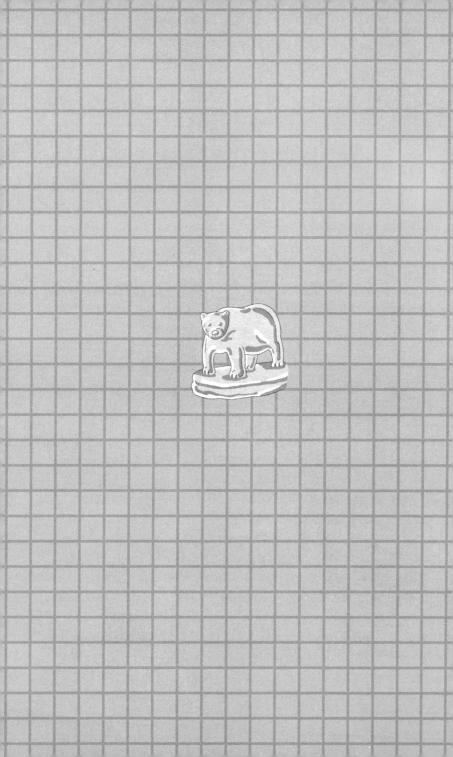

지구에 재앙이라고 할 만한 폭설이 퍼붓고 있다. 밤새 대기 그물 오천만 장을 설치해 얼음 알갱이들을 800보(vo)나 걷어 냈지만, 오 분 만에 모든 그물이 파손되었다. 더 이상은 통제 불가능한 상황이다. 현재 시각 2029년 7월 15일 오후 1시 12분. 날씨 통제 센터는 대기 순환 조절 능력을 완전히 상실했다.

날씨 통제 센터의 경비호는 대류권을 벗어나 대류권 계면으로 일시적 이탈 상태를 유지하기로 했다. 탑승자는 열다섯. 그리고 지금 막 열둘이 되었다. 통제 불가 상황을 보고하기 위해 결재 창 입력 버튼을 누르기도 전에, 내부 모니터를 통해 대장과 소장, 팀장이 황급히 비상용 소형 비행선으로 갈아타는 모습을 확인했다. 그들은 아마 우주 벙커로 대피할 거다. 그것이 상관들과의 마지막이라니 씁쓸했지만 그런 감정을 느낄 여유조차 우리에게는 없었다. 화면에서는 거대한 소용돌이가 우리가 살아온 삶을 통째로 집어삼키고 있었다.

날씨를 예측할 수 없는 날들이 이어지고, 무더위와 폭설이 이삼일 간격으로 반복되어 왔다. 기상 현상을 관측하고 예보하는 것이 아니라 그 흐름에 맞서 대기를 인위적으로 조정하는 일이 날씨 통제사인 우리의 역할이었다. 그리고 업무는 이제 종료되었다. 더 이상은 인위적인 방법으로 대기 상황을 통제하는 것이 불가능해진 것이다. 언젠가는 그런 날이 올지도 모른다고 생각해 왔지만 막상 그 상황에 처하자 알몸으로 세상에 태어난 처음의 순간처럼 내게 아무런 준비가, 몸을 움직일 최소한의 근육 같은 것조차 준비되어 있지 않다는 걸 깨달았다. 온몸이 덜덜 떨릴 정도로 두려웠다. 그 두려움은 지금까지 살아오면서 경험한 크고 작은 일들, 어린 시절 빈집에 혼자 남아 어둠 속에서 온갖 상상을 하면서 겪은 공포나 연인과 헤어진 다음 날 뭘 해야 할지 몰라 느낀 당혹스러움, 센터의 입사 시험에 세 차례 낙방하면서 통장 잔고 부족으로 며칠간 굶어야 했을 때 겪은 수난 같은 것들에 비할 바가 아니었다. 그저 살고 싶었다. 대체로 무덤덤하고 심드렁한, 느리게 뛰는 내 심장에서 거칠고 앙상하고 억척스러운 손이 비집고 나와 그게 무엇이건 붙들겠다며 사방의 허공을 휘저었다. 나를 살게 하는 것이라면 무엇이든 붙들겠다고.

우리는 일단 대류권 계면에 머물면시 경비호에 먹을 것과 마실 것이 얼마나 남아 있을지 계산해 보았다. 그걸로 며칠이

나 버틸 수 있을까? 폭설의 기세가 누그러들면 경비호에서 내릴 수 있을까? 여기서 내릴 수 있다고 해도 당장 갈 곳이 있을까? 집은 일찌감치 폭풍에 날아가 버렸을 텐데. 마음을 다잡을 만한 희망의 단서를 찾기도 어려웠다. 이제 어떡해야 하지? 이번 달 월세를 내지 않아도 된다는 사실에 감사해야 하는 건가? 나는 가끔 집값이 밀리는 것을 눈감아 주던 집주인의 얼굴을 떠올렸다. 그는 신도시의 재개발 구역에 투자하려고 적금을 붓고 있었다. 거주민들을 내쫓고 지어 올리던 신축 아파트도, 거래 중이던 은행의 건물도, 만기일이 두 달 남은 적금 통장도 모두 날아가 버렸을 것이다. 그가 꿈꾸던 안락한 노후도, 고질병이었던 관절염도, 종합 암 보험을 든 몸뚱이도, 인기 가수를 모델로 새 광고를 찍고 있던 보험 회사와 보험 회사의 직원들, 그들의 소중한 가족도 다 함께 폭설에 파묻혀 이 세상에서 사라지고 말았다.

경비호에 남은 이들은 나처럼 벙커가 없는 자들이다. 운 좋게 재난 현장을 피할 수 있었지만 이후의 일은 보장할 수 없었다. 허공에서 떠돌다 굶어 죽을지도 모른다는 방정맞은 생각이 들자 갑자기 며칠을 굶은 듯이 배가 고파 오기 시작했다. 그 생각을 떠들어 대자 옆 좌석에 앉아 있던 아영이 조종석 아래 쪽 서랍을 열어 토스트용 식빵 한 덩어리를 보여 주었다. 당장 굶어 죽을지도 모른다는 불안감은 두툼한 빵 덩어리의 실체 앞에서 일시적으로 사그라들었다. 진정이 되자 트림이 나왔다. 배가 고픈 게 아니라 소화 불량이었다. 허기가 사라지자 목이 말랐다. 생수병을 꺼내 목을 좀 축이려다가 이제는 마실 물도 귀하다는 것, 한 모금이라도 아껴야 버틸 수 있다는 걸 깨달았다.

미래가 없음을 직감하자 과거의 기억들이 물밀듯 밀려오기 시작했다. 발목을 다쳐 아버지의 등에 업힌 채 등교하던 날들의 하늘, 교회에서 받은 사탕을 친구의 수첩과 바꾸고 들떴던 마음과 그 수첩이 물웅덩이에 떨어져 통째로 젖어 버렸을 때 막연하게 느꼈던 희로애락의 기미들, 날씨 통제사가 되려면 기후에 대한 정보도 풍부해야 하지만 침착을 유지하는 심리 훈련이 기본이라던 기후 중학교 선생님의 말씀, 오로지 공부에만 매진했던 고등학교 시절과 대기 통제학과를 전공으로 선택할 때 느꼈던 환경에 대한 사명감. 센터에 입사하고 부딪혔던 이상과 현실 간의 괴리와 그것들을 조율하면서 성숙하고 성장해 온 날들. 날씨 통제 센터로 면접을 보러 간 날도 떠올랐다. 착각을 하는 바람에 근처의 날씨 통제 협의회로 잘못 찾아간 데다가 내 차림새는 갑자기 불어닥친 한파에 맞지 않게 터무니없이 얇았다.

팀장은 내가 장소를 잘못 찾은 것이나 그래서 십 분 정도 지각한 것을 나무라지 않았다. 센터를 찾아오는 사람들 중 간혹 그런 경우가 있다며 내가 마음을 편히 가질 수 있도록 배려해 주었다. 인간미가 있는 사람이었다. 거기까지 기억나자 그가 날씨 통제 센터에서 자기가 맡은 역할을 완수하는 것보다 위험한 상황에서 벗어나는 것을 더 높은 순위로 두고 회사를 나간 것, 즉 경비호를 탈출한 것에 대한 배신감을 가라앉힐 수 있었다. 한순간 불어닥친 폭설처럼 전혀 예상할 수 없는 일은 아니었다. 대기 불안정 상황은 점점 더 심해졌고, 날씨가 센터의 통제권을 슬슬 벗어나기 시작한 건 벌써 십 년 전의 일이었다. 모두가 위험하다는 것을 알고 있었다. 상황을 바꾸기 위해서 삶 전체를 바꿔야 한다는 데에 엄두를 내지 못했던 건 우리 인간들이다. 날씨는 인간들이 중대한 결정을 내리기를, 자신들의 삶을 통째로 바꾸기를 아주 오랜 세월 동안 기다려 왔다.

나는 팀장과 나누지 못한 인사를 보고서로 대신하기로 했다. 팀장이 근무 지역을 임의로 이탈했다는 내용이었다. 보고서 양식상 결재자는 원래 소장이었고 그 역시 팀장과 함께 회사를 나갔지만 일단 계속 써 보기로 했다. 그건 고프지도 않은 배를 불려 불안감을 떨쳐 내는 것만큼이나 어리석은 짓이었지만 그 짓이라도 하지 않고는 버틸 재간이 없었다. 그걸 끝내는 일은 더 두려웠으니까. 그 무의미한 과정이 계속 이어지기를, 끝나지 않기를 바라는 것, 그게 무지한 내가 그 순간에 바란 전부였다. 그다음에 내가 할 일이 뭔지 잘 몰랐으니까⋯⋯.

보고서를 완성하지는 못했다. 나는 어리석었지만, 어리석은 일을 지속할 정도로 뻔뻔하지는 않았기 때문이다. 때로는 그저 형식에 머무는 정도로 만족할 수 있었다면! 스스로를 내가 맡은 일과 동일시하지 않았다면! 그런 측면에서 내 상관들을 도저히 이해할 수 없기도 했다. 이 삶을 살면서도 다른 삶을 준비하고, 하루아침에 다른 방향으로 돌아서는 뻔뻔스러운 경쾌함. 직업은 그저 역할일 뿐이라고 여기는 가벼운 태도 같은 것들을……. 아니다, 아닐 수도 있었다. 내가 이런 감정들에 시달리는 것은 어쩌면 단순히 그들에게 주어졌던 대안의 삶이, 벙커가 내게는 없기 때문일지도 모른다. 만약에 내게도 그들처럼 갈 곳이 있었다면 나는 그들보다 먼저 경비호에서 뛰쳐나갔을지도!

동료인 재원은 제법 침착했고 불필요한 에너지를 소모하는 게 지금은 사치라는 걸 일깨워 주었다. 이런저런 충동으로 부산스럽게 움직이는 내게 차라리 아무것도 하지 않고 누워 있는 편이 더 도움이 될 거라고 조언했다. "호흡을 가다듬고, 피스, 피스." 재원의 목소리는 나지막하고 침착했다. 그가 평소에 요가를 수행하면서 심신을 수련한다고 했을 때 비웃었던 것을 반성했다. 평소와 비슷한 정도의 감정 사이클을 유지하고 있는 그와 달리 나는 이 상황을 인지하는 것만으로도 호흡이 가빠왔다. 호흡을 가다듬기도, 생각을 멈추기도 어려웠다. 재원이 가르쳐 준 대로 심호흡을 몇 번 하고 난 뒤에 잠을 청했다. 최소한으로 움직일 것. 불필요한 일은, 생각조차 하지 않을 것. 그게 당시에 우리가 할 수 있는 최선이었다. 잠깐 졸다가 꾼 꿈에서 지구는 폭설이 닥쳐오기 전의 기후 이상 현상 기간이었고 나는 여전히 날씨 통제 업무를 수행하고 있었다. 잠에서 깼을 때의 허망감이란. 도로 그 꿈속으로 기어 들어가고 싶을 뿐이었다. 침대 2층에서 들려오는 재원의 숨소리를 들으며 다시 가빠지려는 호흡을 잠재웠다.

다음 날 오전에는 경비호에 남은 열두 명이 모여 회의를 했다. 일단 밖으로 나가야 한다는 데 의견이 일치했다. 언제가 좋을지에 대해서는 의견이 분분했고, 외출의 목적과 방식에 대해서도 각양각색의 이야기들이 나왔다. 최종적으로 합의된 내용은 밖에서 식량을 구해 와야 한다는 거였다. 그다음을 생각할 여유는 없었다. 우리는 오늘 당장 먹을 음식이 없었다(연료는 일주일 분량밖에 남지 않았는데 그 문제는 나중으로 미뤄졌다).

착지 지점을 정하고 그 주변 지역의 날씨를 조정하기로 했다. 식량이 없고 연료가 부족한 것과 마찬가지로 기후 재료들도 모자랐다. 우리는 합성 물질의 비율을 높여서 대기 순환을 시도하기로 했다. 합성 물질로 대기를 순환시킨다는 건 비상사태에 사용하는 전략이다. 교과서의 맨 마지막 단락, 그것도 작은 네모 칸 안에 대여섯 줄로 적혀 있었던 팁으로, 시험 문제에 나올 리도 없고 실제로 실행할 일도 없을 거라고 생각했던 경우다. 이 결정이 지구 전체적으로는 상황을 더 악화시킬 수 있음은 물론이었다. 하지만 그렇게 했고, 합성 물질의 비율을 높인다는 것은 위험 수위가 더 높아진다는 뜻이었다. 그래도 이대로 밖에 나가는 것은 죽음을 뜻했다.

우리는 매주 월요일에 그랬듯이 날씨를 계획했다. 그즈음의 날씨는 예보가 아니었다. 영화관의 상영 시간표를 짜듯이 날씨 통제사들은 날씨를 짰다. 매일매일의 미세 먼지와 이산화탄소 분량을 확인하면서 남아 있는 기후 재료들의 양을 고려해 적절한 온도와 습도를 계산했다. 물론 기후 재료는 언제나 부족했다. 쌀이 늘 부족해서 굶주리는 아이의 식탁에 감자와 고구마와 옥수수를 섞어서 어떻게든 한 그릇의 밥을 올리는 가난한 부모가 된 기분으로 우리는 날씨를 구상하곤 했다.

고백건대 우리는 기후 재료에 플라스틱으로 된 합성 물질을 섞었다. 그렇게 하지 않았다면 이미 몇 년 전에 지구의 대기는 순환을 멈추었을 것이다. 당시 우리 사이에서 유행하던 농담이 있다. "바셀린의 개발자가 매일 한 스푼씩 바셀린을 먹었는데 백 살까지 살았다고 해. 그리고 만약 그가 바셀린을 먹지 않았더라면 그보다 더 오래 살았을 거라지." 기후 재료에 합성 물질을 섞는 일의 안전성에 대해서 아무도 확신할 수 없었다.

합성 물질의 폐해는 곳곳에서 나타났다. 성인뿐만 아니라 신생아들의 신체에서 미세 합성 물질이 검출되었을 때 센터에서는 긴급 회의가 열렸고, 일주일을 넘기는 긴 토론 끝에 시민들에게는 신종 바이러스로 인한 것이라고 알리기로 했다. 우리는 그보다 나은 대안을 찾지 못했고, 대기의 순환을 그렇게 가까스로 지속하는 동안 또 다른 대안을 찾을 수 있을 거라는 희망을 버리지 않았다.

그리고 지금은 합성 물질을 이용해서 얼어붙은 땅을 녹여야 했다. 보유하고 있는 기후 재료를 전부 쏟아부으면 일부 지역이나마 선택적으로 온도를 높이고 습도를 낮추는 것이 가능했다. 그것이 지금 우리가 할 수 있는 최선이었다.

폭설이 초토화시킨 건물들의 잔해 위로 얼음이 녹기 시작했다. 함께 그 모습을 지켜보던 재원이 하품을 하며 온몸을 길게 늘였다. 그의 몸에서 오랫동안 씻지 못한 냄새가 올라왔다. 내 몸에서도 마찬가지였다. 하지만 그런 것들은 아무 상관 없었다.

"이틀 뒤면 외출이 가능할 것 같지?"

"아마도."

우리는 피크닉을 앞둔 사람들처럼 무덤덤하게 그런 대화를 주고받았다.

경비호에서 불과 2~3미터 정도 떨어진 길에는 한파에 쓰러진 채 죽음을 맞은 사람들이 쌓여 있었다. 그들의 시체가 서서히 썩기 시작할 거고, 시체를 처리하는 것은 아마 우리의 몫이겠지만, 지금은 일단 외출에 집중하기로 했으므로 그들의 주검을 앞에 두고 잠시 고개를 숙인 채 눈을 감는 것으로 간단하게 의례를 대신했다. 그보다 급한 것은 식량이었다.

"마트에서 식량을 구할 수 있을까? 물론 그 식량도 언젠가는 바닥이 나겠지. 하지만 그사이에 또 무슨 일인가가 일어나지 않을까? 이제 먼 미래에 대해서는 전혀 상상하지 않게 되었어."

재원이 나를 비웃었다.

"마트가 어디 있어?"

나는 밖으로 나간다는 것에 몰두한 나머지 바깥에 마트나 식량을 보유한 어떤 건물도 남아 있지 않다는 생각을 하지 못했다. 그렇구나. 헛웃음이 나왔다. 식량을 찾는 게 아니라, 무엇이 식량이 될 수 있을지를 찾아야 했다.

"벙커라도 습격할 기세네."

재원은 농담을 했지만 그 순간에는 그게 현실적인 대안일지도 모른다고 생각했다. 나는 팀장의 벙커에 침입해서 그의 냉장고 안에 든 것을 빼앗고 싶었다. 그의 것을 내 배낭에 옮겨 담는 모습을 떠올리는 것이 어렵지 않았다.

일주일 후에 1차 외출이 진행되었다. 진행 요원은 모두 여섯 명으로, 나와 재원도 참여하게 되었다. 근방의 상황을 살피는 것 정도를 목적으로 간단하게 끝내기로 했다. 혹시 에너지원이 될 만한 것들을 발견한다면 가져오지 않고 리스트를 작성하기로 했다. 우리는 방독면을 쓰고 방한복을 착용했다.

걷기 시작한 지 오 분도 채 되지 않아 여섯 명 모두 온몸이 얼어붙었다. 추위 때문이 아니라 소름 끼치는 오싹함 때문이었다. 기온을 높였기 때문에 시체들이 부패되어야 했는데 방부 처리를 한 듯 사망 당시의 모습 그대로였다. 의문은 곧 풀렸다. 아영이 내 방한복에 들러붙은 육식 곤충을 발견한 것이다. 그가 내 허리께에 손을 대고 뭔가 떼어 냈다. 그게 육식 곤충의 변종이라는 것을 알아본 것은 한주였다.

육식 곤충은 시체 곤충이라고 불리기도 했는데, 유충이 시체를 먹이로 삼기 때문이었다. 성충이 분비물을 시체에 뿌리면 시체는 썩지 않고 유지되고 유충이 양분으로 삼을 수 있는 물질로 바뀐다. 성충은 시체 안에 알을 낳고, 알에서 깨어난 유충은 사람의 시체 안에서 양분을 먹으며 자라난다. 그게 우리가 본 인류의 미래였다. 겉은 사람의 모습을 하고 있지만 그들의 내부는 곤충의 유충으로 우글거리고 있었다.

한주는 육식 곤충에 대해서 자기가 알고 있는 바를 간단히 설명한 뒤에 머리가 긴 어떤 성인 남성의 시체를 끌어내 피부를 절개했다. 얇은 피부의 안쪽은 과연 동그랗고 작은 크기의 하얀 알들로 빼곡히 채워져 있었다. 헛구역질이 나왔다. 재원은 고개를 떨어뜨렸다. 지천으로 널린 인간의 시체가 변종 곤충의 서식처로 바뀌는 건 시간문제였다.

우리는 계획을 무기한 연기하고 1차 외출에서 설치한 카메라를 통해서 바깥 상황을 살폈다. 새로운 변종 곤충이 얼마나 위해한지는 몇 시간 지나지 않아 알 수 있었다. 알에서 빨갛고 작은 벌레가 날개를 달고 깨어났다. 그다음 날에는 몸집이 몰라보게 커졌고 럭비공 튀듯 이리저리 튀어 오르기 시작했다. 육식 곤충들은 시체 위를 뛰어다니면서 알을 낳았고, 부화한 유충은 시체를 먹으며 몸집을 키웠다.

"모두 사라졌다고 생각했는데 아니었네."

재원은 상황을 긍정적으로 해석하려고 노력하는 것 같았지만 이마는 잔뜩 찡그린 채였다. 재원이 그 말을 하고 나서 일 분도 지나지 않아 아영이 그 자리에서 쓰러졌다. 우리는 모두 놀라 기겁했는데, 그는 바닥에 쓰러진 상태로 잠에 들어 버렸다. 극심한 스트레스로 인해 기면이 발생한 것이다. 아영을 침대로 옮기고, 한주가 곁을 지키기로 하고 나머지 인원은 다시 회의를 진행했다.

"만약에 온열 효과를 계속 이용하다가 땅속에 잠들어 있던 육식 곤충들이 모두 깨어나면 어떻게 되는 거야?"

"시체는 모두 사라지고, 지구상에 인류는 우리만 남는 거야."

"벙커에 있는 사람들과 뭔가 할 수 있지 않을까?"

"시체가 눈앞에서 수백 마리의 벌레로 바뀌어 버리다니 말도 안 돼. 어떻게 이런 일이 일어날 수 있지?"

"그들이 우리와 뭔가 할 생각이었다면 벙커를 설치하지 않았을 거야. 그 사람들이 우리에게 문을 열어 줄 것 같아?"

"육식 곤충으로부터 시체를 보호할 수 있는 방법은 없을까?"

다른 생명을 해친다는 건 영 찜찜한 일이지만 가만히 있는 것은 자살 행위이기도 했다. 한 종의 생명체를 떼로 죽인다는 상상만으로도 나는 얼굴이 붉어졌다. 현규가 표정을 찌푸렸다.

"무슨 소리가 들리는 것 같아."

낮은 기계음이었다. 육식 곤충이니 시체를 파먹는 유충이니 하는 이야기를 하던 중이라 우리 외에 다른 존재가 움직인다는 게 좀 겁이 났다. 하지만 분명히 뭔가가 움직이는 소리가 들렸다. 우리는 소리를 따라 내려갔다.

소리는 기계실에서 새어 나오고 있었다. 분명히 최소한의 유지 시스템만 남기고 모두 정지시켰는데 작동하고 있는 기기가 있었다. 경비호가 지구에 착지할 때 고장이 난 모양으로 기기는 불연속적인 음을 내면서도 묵묵히 작동하고 있었다.

"이게 대체 뭐지?"

재원이었다. 그는 고민할 것 없다는 듯 기기의 전원을 껐다.

"기다려 봐."

그리고 잠시 뒤에 전원 버튼을 눌렀다. 기기가 돌아가도 경비호 안에서는 아무 일도 일어나지 않았다.

"잘은 모르겠지만, 전력이 어디론가 흘러가고 있다는 사실은 분명해."

"어디로?"

"그걸 아는 것보다, 작동을 멈추는 게 우선일 것 같아."

재원이 버튼을 눌러 기기의 전원을 껐다. 우리 중 누구도 알지 못하는 시스템이 작동하고 있다는 것은 놀라운 사실이었다. 그걸 누가 고안해서 작동시켰는지, 그리고 그 사실이 왜 공유되지 않았는지 알 수 없지만 에너지를 끌어다 쓰고 있는 누군가의 공간이 존재한다는 것은 언뜻 희망적인 상황처럼 다가오기도 했다.

얼마 뒤 그게 누군지 밝혀졌을 때 나는 그들이 아니라 스스로에게 조금 실망했다. 기기가 연결된 곳은 우주 벙커였다. 지구에서의 삶을 포기하고 우주로 날아간 사람들 말이다. 그 장치는 일종의 블랙박스로 내부 음성 녹음과 실시간 송출에 쓰이는 것이었다. 그들은 우리에게 남은 연료로 이곳의 상황을 전해 듣고 있었던 것이다. 나는 그들을 향했던 그리움과 연민을 모두 내려놓았다.

"이렇게까지 하면서 살아 있다면 스스로에게 변명할 어떤 이유라도 대야 하지 않을까?"

"너같이 생각하는 사람은 세상에 많지 않을걸. 더군다나 벙커로 이동한 사람들 중에서는 한 명도 없다고 장담한다."

"만약에 여분의 에너지가 있다면 무엇을 위해서 쓰여야 할까? 우주로 도망친 소수의 몇 명이 자신의 수명을 늘리는 일에? 아니면 벙커가 없어서 목숨이 위태로워진 또 몇 명의 사람들을 위해? 그 두 집단에 어떤 차이가 있을까?"

나는 객관적으로 생각하려고 애썼다. 큰 차이가 있다는 생각도 들고 어떤 면에서는 같은 일이라는 생각도 들었다. 지구 전체에 더 이로운 일은 무엇일까? 그리고 만약 지구에 이로운 일이, 나 자신에게는 해가 되는 일이라면 나는 기꺼이 그런 선택을 할 수 있을까?

"지구에 여분의 에너지가 없다는 건 분명해."

재원이 등을 살짝 때렸다. 멸종된 북극곰이 인류의 미래를 걱정하는 꼴이라며 그는 나를 놀렸다.

"다시 말하지만, 지금으로서는 꼭 필요한 일이 아니라면 하지 않는 것이 가장 현명해. 쓸데없는 생각을 할 에너지가 있다면 잠을 더 자 두는 편이 나아. 내가 왜 요즘 게임을 하지 않는지 알려 줄까? 바둑을 두는 데도 신체에서 20와트의 에너지가 사용되기 때문이야."

"개체가 살아남는 게 목적이라면 네 말이 맞겠지."

"너는 마치 너 자신을 뛰어넘을 수 있다는 듯이 말하는구나."

나는 대답하지 못했다. 재원이 어깨를 으쓱했다.

"이런 논쟁이 무슨 소용 있겠어? 너와 내가 사이좋게 지내는 것이 또 지금 시기에는 가장 현명한 길이라고. 네 기분을 건드릴 의도는 전혀 없었어. 미안."

나는 그의 사과를 받아들였다. 그게 에너지를 절약하기 위해서가 아니었다는 말을 덧붙이고 싶긴 했다. 나는 그처럼 현실적인 사람은 아니었다. 내게는 지키고 싶은 가치가 있었다. 재원은 그 가치라는 것이 단지 과거의 특정 시점에 유용한 도덕률에 불과하다고 비웃었고 나도 그 말에 동의했지만, 그게 내가 잠시나마 누린 사치라고 해도 좋았다(이 말은 나도 그 가치를 머지않아 내버렸다는 뜻이기도 하다).

"아직도 벙커가 마음에 걸려? 소장이? 팀장이? 그들은 여길 버렸어. 우리 목숨을 내주면서까지 그들을 보호해야 하는 이유가 뭔데?"

재원의 말이 맞았다. 우리에게는 시간이 없었다. 벙커에 있는 자들을 생각할 여유 같은 건 존재하지 않았다. 어떻게 하면 다시 대기를 순환할 수 있을지, 얼음에 갇혔다가 이제는 벌레의 먹이가 된 시체를 어떻게 해야 할지를 서둘러 결정해야 했다.

우리는 시체와 함께 육식 곤충들을 불태우기로 했다. 팀을 나누어 절반의 인원이 2차 외출을 진행했다. 방독면을 쓰고 방

한복을 입었지만 사방에서 날아드는 육식 곤충으로 인해서 정신이 혼미해지곤 했다. 곤충들은 번식력이 왕성하여 시체뿐 아니라 땅 위를 완전히 뒤덮었다. 산 사람인 우리를 공격하는 것이 아닌데도 그들에게 적대감이 생겼고 나도 모르게 곤충들을 향해 팔을 휘젓지 않기 위해 몇 번이나 팔을 몸에 감았다.

그래도 우리는 매일 2교대로 나누어 그 일을 했다. 처음에는 전혀 줄어들지 않는 것으로 보였지만 일주일 만에 1구역의 시체들을 모두 화장할 수 있었다. 화장을 하기 전과 후에는 모두 함께 기도를 올렸다. 우리에게는 공통의 종교가 없었지만 그 순간에는 신이 있든 없든 신의 이름이 무엇이든 그런 것은 중요하지 않았다. 어떤 존재에게 고개를 숙이고 우리가 하고 있는 일을 고하고 그 일을 무사히 마칠 수 있도록 간절한 마음을 전했다. 신의 이름이 중요하고, 존재를 증명해야 했던 시절은 좀 더 여유가 있었던 셈이었다.

처음에는 끔찍하고 두려운 일이었지만 어느새 익숙해졌고, 나중에는 귀찮은 일이 되었다. 간절한 마음은 차차 가라앉아 귀찮아지기도 했다. 그래도 그 일을 계속했다. 폭탄을 던져 얼음을 가르고, 시체를 태우고 나면 흙을 덮었다. 가도 가도 계속해서 부서진 건물의 잔해와 사람의 시체, 그리고 육식 곤충의 향연만이 이어졌다. 우리가 살아 있는 동안 그 일을 다 할 수 없을 것 같았다.

저녁이 되어 건물로 돌아오면 얼음을 녹여 몸을 씻었다. 깨끗이 씻는 것은 불가능했다. 그저 오물을 닦아 내는 정도로 만족해야 했다. 몸에 들러붙은 것들을 물로 떼어 내고, 수건으로 몸을 닦아서 위생상의 문제가 생기지 않게 하는 게 고작이었다. 먹는 것도 마찬가지였다. 생명을 유지할 수 있는 정도였다. 맛은 따지지 않았다. 영양소가 될 만한 거라면 무엇이건 입에 넣었다. 배불리 먹는다는 건 하루, 혹은 몇 시간의 생명을 줄이는 것과 같은 뜻이었다.

우리 열두 명의 몰골은 흡사 영화 속에 나오는 고난받은 성자의 모습을 닮아 갔다. 그래도 서로에 대한 신뢰는 줄어들지 않았다. 근무를 할 때와는 다른 종류의, 동료들에 대한 믿음과 존경심은 내면의 기쁨을 만들어 주었다. 아무것도 삶을 위협하지 않았던, 풍족하게 먹고 마시던, 안락한 삶 속에서 느꼈던 불평과 자조 같은 것은 완전히 사라졌다. 그것이 삶이라고, 그저 해야 할 일을 해 나갈 뿐인 우리에게는 소박하고 건전한 마음이 싹텄다. 달라진 건 겉모습만이 아니었다. 한 사람 한 사람이 전혀 다른 사람이라고 해도 좋을 내면의 변화가 일어났다.

우리는 미래에 대해서 이야기하지 않았다. 그날 소각하면서 있었던 사소한 일들에 대해서 이야기할 뿐이었다. 맛이 없는 음식에 강한 양념을 뿌리듯, 서로를 즐겁게 하기 위해 애썼다.

그리고 이전의 삶에 대해서는 어느새 잊어 가기 시작했다.

가끔 지난날의 사진을 보면서 불과 십 년 전인데도 과거의 삶이 얼마나 불필요하고 지나친 낭비와 쾌락에 물들어 있었는지를 깨닫고는 어처구니가 없어지곤 했다. 우리는 단 한 번 사용할 경기장을 짓기 위해 오백 년 된 나무들을 베어 냈다. 오 분마다 햄버거나 커피 체인점을 만나기 위해서 기꺼이 숲을 파괴했다. 봉우리마다 전선을 매달고 케이블카를 설치했고, 남의 영역이니 책임질 것 없다며 국경선과 해안선 너머의 땅과 바다에 독극물을 몰래 흘려 버렸다. 건강에 좋다는 약재를 얻기 위해 곰들을 비좁은 우리 속에 가두었고, 약재의 인기가 떨어지자 그들에게 사료 대신 음식물 찌꺼기를 먹였다. 더 부드러운 살코기를 먹기 위해서 삼십 년을 살 수 있는 돼지의 수명을 삼 년으로 줄였다. 인간이 바다 생물들의 주 식량인 크릴을 휩쓸어 오는 바람에 굶주린 물범이 펭귄을 잡아먹는 일까지 일어났다. 호화롭고 고급스러운 주택이 들어서면 길고양이들은 한순간에 터전을 잃어버렸다. 북극의 얼음이 녹으면서 북극곰의 거주지는 사라졌다. 그래도 인간들은 삶의 방식을 바꾸지 않았다. 우리는 계속해서 건물을 지었다가 예쁘지 않다는 이유로 허물고 다시 지었다. 날씨가 나쁘면 집에 있으면 되지. 추울 때는 난방을 했고, 더울 때는 에어컨을 돌렸다. 티브이에서는 계속 더 맛있는 음식을 먹으라고, 그걸 먹지 않으면 불행해질 거라고 경고했다. 일회용 쓰레기를 먹고 죽은 새들의 사체를 보고도 플라스틱을 포기하는 일은 없었다. 버려진 것들이 넘치는데도 계속해서 새 옷을 만들기 위한 용도로 물을 끌어 올리느라 크기가 4분의 3이나 줄어든 해역도 있었다. 그래도 인간은 멈추지 않았다.

당시의 삶을 떠올리면 지금 우리에게 닥친 재앙을 탓할 수만은 없었다.

그날 아침에 눈을 떴을 때 나는 근래에 느끼지 못한 이상한 불안감에 사로잡혔다. 뭔가 피부에 닿는 느낌이 들어 소스라치게 놀랐는데 어깨 위에서 머리카락이 스르르 미끄러져 이불 위에 떨어졌다. 예민해졌을 뿐이라고 스스로를 도닥이고 얼음을 녹인 물로 목을 축였다. 정수가 되지 않았기 때문에 너무 많이 마시면 안 되었다.

어디선가 바람이 불어와 머리칼을 흩날렸다. 경비호가 지구에 착지한 뒤로 전기 기기를 사용한 기억이 없으니 선풍기나 에어컨이 작동할 리 없었다. 무심코 고개를 돌렸을 때 나는 경비호의 모서리에 난 틈을 발견했다. 틈을 통해서 바람이 안으로 불어 들어오고 있었다. 틈을 통해서 육식 곤충이 알을 밀어 넣고 있었다. 나는 일단 덮고 있던 이불로 틈을 막으며 조종석 의자를 개조한 침대에서 잠든 재원을 깨웠다.

"어서 일어나! 육식 곤충이 경비호를 뚫고 들어왔어!"

센터의 1층 로비에서 팀장을 만나기로 했다. 마중 나와 있기로 한 그가 없어서 전화를 걸었다. 그도 로비에서 기다리고 있는데 나를 찾을 수 없다고 말했다. 로비에는 이십 대 후반쯤으로 보이는 어떤 젊은 남자가 비슷한 또래의 여자와 커피를 마시고 있을 뿐이었다.

"혹시 잘못 찾아간 것 아닙니까?"

나는 건물의 입구에 걸린 간판을 확인했다. 거기에는 날씨 통제 협의회라고 쓰여 있었다.

"그러네요. 제가 잘못 왔어요."

"다행히 그곳에서 멀지는 않아요. 지도를 보내 드리죠."

팀장이 보내 준 지도 파일을 보면서 다시 찾아간 날씨 통제 센터는 십 분 거리에 있었다. 날씨 통제와 관련한 다양한 업무를 맡는 기관들이 모두 모여 하나의 도시를 형성하고 있었다. 센터에서 무사히 면접을 보고 나오니 비가 개어 하늘이 맑았다. 날씨가 급작스럽게 추워졌다. 불과 어제까지만 해도 반팔 티를 입어도 춥지 않을 정도의 날씨였다. 일기 예보를 듣고 가을용 점퍼를 입었는데도 추워서 턱이 덜덜 떨렸다. 근처 마트에서 할인 가격에 파카를 사 입었다. 길고양이 한 마리가 골목 사이로 쏜살같이 지나갔다. 저들은 어떻게 겨울을 버티지? 그생각은 길고양이와 마찬가지로 금세 스쳐 지나갔고 나는 연인에게 전화를 걸었다.

"날씨가 갑자기 추워졌어."

"정말 그러네. 어제까지는 여름이었는데, 오늘은 겨울 날씨야. 어라, 이게 뭐야? 창문에 벌써 결로가 생겼어."

그의 말에 내가 뭐라고 대답했던가? 결로에 대해서 농담을 했고, 그 말에 크게 웃음을 터트리던 그의 목소리가 선명하게 기억난다. 바람이 부는 날이면 가볍게 두 눈을 감고 속도와 촉감을 느끼던 모습도. 그날 우리가 날씨에 대해 농담을 해서는 안 되었다는 것을, 그 일들이 그저 가볍게 넘길 일이 아니었음을, 작고 사소하게 여겼던 그 일들이 모두 지금 우리의 눈앞에 닥친 이 거대한 재앙의 전조였음을 그때는 알지 못했다.

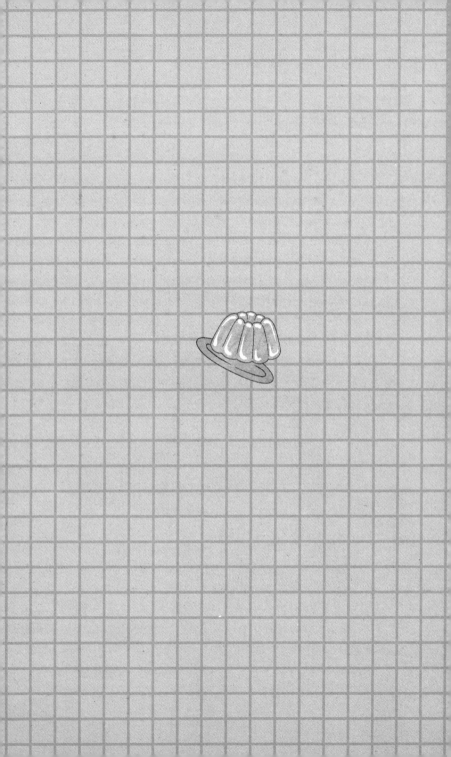

메이커

제30회 비지터-메이크 학술 대회에 참가하신 인데바르 족들께 심심한 감사를 드립니다. 발표를 시작하겠습니다. 작년 제 연구 주제는 인간에게 팔과 다리가 꼭 필요한가 하는 문제였습니다. 팔다리를 절제할 경우 지능을 더 발달시킬 수 있기 때문이지요. 저는 15세와 20세, 25세 인간을 대상으로 이를 실험했고 이 예측이 틀리지 않았음을 증명해 냈습니다. 그로 인해 피대상자의 소화와 배뇨 기능에 이상이 왔고 수명이 약 6~8개월 정도 짧아지는 것으로 밝혀졌습니다. 현재 훈련원에서 메이드된 비지터의 평균 수명은 20세에서 25세로, 비지터 중 최고령자는 33세였습니다. 6~8개월 정도 수명이 짧아지는 것은 비지터의 기능을 수행하는 데 큰 결격 사유가 아님을 밝힙니다. 비지터가 만들어진 목적은 인데바르인의 활동 지원이므로 폐기 처분 시설을 충분히 갖춘다면 신체 이상 반응은 크게 문제되지 않을 겁니다.

저는 이 실험을 극단적으로 밀고 나갈 생각입니다. 뇌를 제외한 신체 나머지 기능을 최하로 낮추거나 절제해서 뇌에 가장 많은 에너지를 공급할 경우 지능을 얼마나 높일 수 있을지 계속해서 실험해 나갈 것입니다. 지금 진행 중인 실험은 외부 세계와 실제적인 접촉을 하지 않고도 뇌가 인지할 수 있는 가상의 자극을 준다면, 인간의 뇌는 작동한다는 것에 초점을 맞추고 있습니다. 비지터를 메이드하는 과정에서 최소한의 비용을 들이고자 함이지요. 인간의 뇌는 가상의 자극과 현실을 굳이 구분하려 들지 않습니다. 현실의 자극이 10의 자극을, 가상의 자극이 20의 자극을 제공할 경우 인간의 뇌는 가상 20의 자극을 선호합니다. 이 원리는 현재 비지터 훈련원의 인간 신생아 인큐베이터에서부터 적용되고 있습니다.

올해 학술 대회에서 제가 발표할 연구 주제는 고도 감정증 환자의 인간-뇌에 관한 것입니다. 이들은 굉장히 높은 감정의 사이클을 오갑니다. 최고조의 감정 상태의 경우 신체에 대한 자각이 떨어지고 감정과 사고가 비약적으로 일어납니다. 이번 연구는 이 기간을 이용하여 이루어졌습니다. 이 시기 인간은 잠을 자거나 식사를 하지 않고도, 그러니까 우리가 투입해야 할 에너지가 없어도 사고를 지속하는 양상을 보입니다. 우리는 이 기간을 좀 더 늘려서, 인간이 자신의 에너지를 오로지 사고력에만 쏟도록 유도했습니다. 생명체의 기본 원리를 넘어서서 고통을 받으면서도 신체를 돌보는 일에 무감각해지고 뇌를 사용하는 데만 모든 총력을 기울이는 상태로 행동과 사고방식을 고정시키는 겁니다. 이 실험은 인간이 타 종족들을 지배할 당시 닭의 사육 방식에서 착안했습니다. 인간들은 강간 수정으로 임신한 닭들이 스트레스를 받아도 자신과 다른 닭들을 공격할 수 없도록 부리를 모조리 제거했고, 며칠간 햇볕을 쬐어 착각을 일으키고 잠을 자지 못한 채 먹이를 먹고 살을 찌우도록 유도했습니다. 실제로 닭들은 착오 속에서 계속해서 알을 낳았고 인간은 달걀을 충분히 공급받아 단백질을 섭취할 수 있었지요.

이번 실험이 성공한다면 인데바르족은 가장 뛰어난 에너지 효율을 제공하는 비지터들을 생산해 낼 수 있게 됩니다. 고도 감정증 인간 간의 인공 수정으로 수많은 고효율-뇌들을 생산해 내는 겁니다. 지금 사진 자료로 보고 계신 비지터 121은 가장 높은 사이클의 고도 감정 상태에서 인간의 뇌가 어떻게 반응하는지를 보여 주는 대표적 사례입니다. 비지터 121은 고도 감정증 환자의 정자와 난자를 결합하여 탄생시켰습니다. 합리적인 사고와 계산적인 사고를 하는 중추 신경의 일부를 절제했고, 고도 감정증 환자의 최고조 상태를 지속적으로 유지하도록 호르몬 수치를 조정했습니다. 영유아기부터 창의력과 예술 비평 능력을 최고조로 발달시키도록 훈련시켰고, 이를 강화하기 위해서 나머지 능력들을 모두 말살하였습니다. 실제로 비지터 121은 아주 간단한 연산 능력을 수행하지 못합니다. 예술과 관련한 어떤 대화에도 흥미를 느끼지 않습니다.

훈련은 모두 3시기로 구분하여 진행했습니다. 제1기에는 가상 체험을 통해 전 시기 지구의 자연환경을 접하게 됩니다. 이 시기에 비지터들은 아무 경계심도 갖지 않고 이 세계를 사랑하고 습득합니다. 제2기에는 인데바르인이 건설한 예술과 건축물을 경험했습니다. 모든 예술 작품을 습득해 지식과 정보 측면에서 백과사전과 다를 바 없습니다. 제3기에는 아무것도 없는 빈 공간에 놓입니다. 빈 공간에서 버티려면 스스로 뭔가를 만들어 내야 하겠죠. 인간의 뇌는 생존에 적합한 자극의 정도에 이를 때까지 상상을 지속합니다. 현실 세계와는 괴리되므로 정서적으로 궁핍해집니다. 부작용은 불안 장애와 망상입니다. 하지만 상상력은 비약적으로 발전하게 되죠. 이 과정을 모두 마친 비지터의 뇌는 상상력과 창의력이 부족한 인데바르족에게 보조적인 역할을 하도록 제공될 것입니다. 이후의 실험 결과는 내년 학술 발표에서 전달하겠습니다. 이상입니다.

아시다시피, 생각함과 행복함은 별개의 것이지요. 우리는 생각을 모조리 인간의 뇌가 실행하도록 맡겨 두고 행복에 도달할 수 있게 될 것입니다. 발표는 여기에서 마치겠습니다. 실험 과정과 관련한 자료들을 전시실 A18 코너에서 확인하실 수 있습니다. 질문 있으십니까?

비지터 121

메이커는 아주 어릴 때부터 내게 세뇌시키기를 그 일이 매우 아름답고 숭고하다고 했다. "너의 탄생에는 이유가 있었단다. 그 얼마나 아름다운 일이냐. 너는 욕망이나 충동의 산물이 아니라, 갈급한 필요에 의해서 오랜 시간 숙고 끝에 철저하게 계획되어 탄생한 고귀한 생명이야. 네가 태어나기 전에 먼저 목적이 있었고 너는 단계를 밟아 가면서 그 목적을 향해 조금씩 나아가고 있었던 거야. 그리고 이제 드디어 그 목적에 도달할 때가 된 거지."

호스트에게 배정이 된 제4기 훈련생들은 자각력을 제거받는다. 자각력이라는 건 자기 자신을 바라본다는 것. 인류가 체득하고 있는 고도의 능력이다. 자각력을 잃어버린 인간은 자신을 객관적인 맥락에서 파악할 수 없게 된다. 물론 그는 대신에 호스트를 얻게 된다. 호스트는 비지터의 생명 유지에 필요한 모든 것을 제공한다. 살 집과 먹을 것, 입을 옷과 오락거리까지. 비지터에게 무엇이 필요한지는 전적으로 호스트가 판단한다.

전에도 가끔 자각력 제거술에 대해 상상해 본 적이 있었다. 아직 경험해 보지 못했지만 내가 상상하는 자각력 제거술이란, 영혼이 머물 곳이 없어진다는 의미였다. 지정된 기능으로서 존재하며 다른 종족에 의존해 산다는 것. 내가 그렇게 말하자 메이커는 고개를 저었다. 그는 내가 죽는 게 아니라 인데바르족의 일부로 살아남는 거라고 했다. 그는 지금 내가 자기 모습의 전체를 보고 있지 않는 것처럼 우리는 언제나 전체로서 다른 개체와 만나는 일이 없다는 걸 강조했다. 그 일이 좀 더 극단적으로 일어난다고 생각해 보라고 권유했다. 하지만 미적 판단력을 제외한 나머지 부분이 사라지는 건 두려운 일이었다. 나는 메이커에게 분명히 말했다.

"전 수술을 원하지 않아요. 슬프지도 억울하지도 않아요. 다만 스스로를 속이고 싶지 않을 뿐이에요."

그 말이 비지터로서의 평점을 깎아 배정받을 때 불리하게 작용하리라는 것을 알면서도 나는 그렇게 말했다. 메이커가 예술 지원 파트의 훈련생들을 그런 방식으로 설득하고, 훈련생들은 스스로 수술대에 드러누워 감사하는 마음으로 기꺼이 자각력을 잃는다는 것을 알고 있었던 것이다.

엊그제는 나와 가장 친밀한 사이였던 비지터 119가 합숙소를 떠났다. 그는 우리 파트에서 가장 뛰어난 상상력의 소유자였다. 그리고 그는 자신이 저항하면 나머지 상상력 파트에 속한, 나를 포함한 인간들이 심리적으로 굉장한 동요를 겪게 될 거라는 것을 어렵지 않게 상상할 수 있었기 때문에 아주 조용히, 우아하다 싶을 정도의 차분한 걸음걸이로 훈련소를 나섰다. 스스로 죽으러 가는 것임을 믿을 수 없을 만큼. 비지터 활동을 시작하면 수명은 일 년을 넘기지 못한다. 특정 기능을 고도로 사용한 뒤에 자신의 수명을 제대로 누리지 못하고 한 달에서 길게는 열 달 정도 단축된 생을 산다. 예정된 미래와 죽음을 두려워하는 대신, 이곳을 탈출하는 것을 꿈꾸는 대신, 내가 죽으러 갈 때 그와 같이 우아하게 걸을 수 있기를 소망했다. 그게 비지터 119가 내게 준 선물이었다.

호스트 피스

비지터 121이 화상 화면을 통해 우리 집의 구조를 익히고 가족들을 소개받았다. 몹시 따뜻한 분위기로 인해 비지터는 감동을 받은 것 같았다. 훈련소에서 그가 받은 대우들이 매우 엄격했다는 것, 합리적이고 이치에 맞았으나 온정이 부족했다는 것을 분명히 알 수 있었다. 메이는 그가 수술에 대해 반감을 갖고 있다는 것을 전해 들었다면서, 자신도 그 일에 대해서 완전히 동의하지 않는다며, 나와 그 주제를 놓고 진지하게 토론을 한 적이 있는데 그래도 우리가 인데바르족이기 때문에 법을 어길 수 없는 처지에 있음을 양해해 달라고 말했다. 메이의 진심이 전해졌는지 비지터의 마음이 조금 누그러진 것 같았다. 그의 마음이 누그러지는 것과 관계없이(그가 자살이나 탈출을 시도하지 않는 이상) 수술을 받아야 한다는 것은 차질 없이 진행

될 엄연한 사실이기는 했다. 그 모든 과정을 통해서 그는 자신이 하나의 부품에 불과하다는 인상을 받았다고 고백했다.

그는 그때 그 감정의 상태를 좀 더 즐겼어야 하는지도 모른다. 왜냐하면 수술을 받은 이후 비지터에게는 외부에서 일어나는 일들에 대한 모든 판단이 중지될 것이기 때문이다. 반감도, 동의하지 않음도, 아니요도, 나는 그렇게 생각하지 않는다도, 불쾌함도, 그 어떤 부정적 견해도 가질 수 없었기 때문이다. 지금의 시절을 어렴풋하게나마 기억하게 되겠지만, 당시의 그 자신에 대해서 감정 이입을 할 수 없게 되고 만다. 훈련소에서의 혹독한 시절은 낭만적으로 각색된다. 그마저도 잘 떠오르지 않는다. 그는 이제 호스트의 집에서 충실한 기능으로서 작용한다. 비지터로서의 생을 완전히 받아들인 것이다. 그는 더 이상 인간이 아니다.

메이

"천장 위의 한 점을 응시해요. 초점을 잘 맞춰 봐요."

천정에는 다양한 지름의 원들이 그려져 있었다. 비지터는 초점을 맞추어 보려고 했지만 어느 한 곳으로 주의가 집중되지 않는 모양이다. 사방에서 들려오는 소리와 모양, 색깔들, 냄새가 조금씩 비지터의 몸을 깨웠다. 나는 안도감에 숨을 내쉬었다. 뒤이어 전신을 채우는 활기찬 들숨이 그의 온몸에 에너지를 불어넣었다. 처음에는 호흡을 가다듬기 어려울 정도로 가쁜 숨이 이어지다가 차차 잦아들었다. 안정적으로 숨을 쉬게 되었을 때 비지터는 제일 먼저 피스의 얼굴을 바라보았다. 그가 무사히 호스트를 알아본 것이다. 피스와 나는 두 손을 꼭 마주 잡았다.

"이제 정신이 좀 들어요?"

그다음으로 쳐다본 건 나였다. 나는 다시 태어난 그를 반겼다. 알 수 없는 이유로 감격에 겨워 계속 눈물이 흘렀다. 손수건으로 연신 눈물을 닦아 내야 했다. 새로운 가족을 맞아들이게 되다니. 나는 지난 비지터와의 작별로 인해 상심이 깊었고, 한동안 비지팅을 미뤄 왔다.

"수술을 마친 뒤에 일주일이나 깊은 잠에 들었답니다."

그는 우리를 만족시킬 만한 가장 적절한 대답이 뭔지 알고 있었고, 그 대답을 하지 않을 이유는 없었다.

"전 아주 기분이 좋아요. 어서 퇴원해서 집으로 돌아가고 싶어요. 호스트 피스 님의 작업에 도움을 드리고 싶어요."

"일단 지금은 무리하지 않는 게 좋아요. 우리 걱정은 잊고 회복하는 데만 집중해요."

나는 그의 이마를 쓰다듬었다. 그가 콧구멍을 벌름거려 냄새를 맡았다. 내가 자주 바르는 장미 향 로션 냄새가 그의 기분을 좋게 만든 것 같았다.

비지터의 미소가 과거의 기억들을 일깨웠다. 비지터 11과 보냈던 소중한 시간들. 함께 음식을 준비하면서 나누던 비밀스러운 이야기들. 사실을 고백하자면, 나는 비지터 11과 사랑에 빠졌다. 나는 주노가 피스 전처의 자식이라는 점에 대해서는 전혀 개의치 않는 헌신적인 어머니였지만, 그런 만큼 나 자신의 감정에 대해서도 존중할 줄 알았다. 비지터 11은 내가 무척이나, 어쩌면 피스를 포기할 만큼 마음이 흔들렸다는 것을 알았고 우리 둘의 관계가 일 년의 기한을 넘기지 못한다는 것 또한 알고 있었으므로 내가 가정에 마음을 붙이도록 친구의 역할을 잘 해내었다. 나도 그런 그의 마음을 알았다. 나는 때로 가족들보다 그에게 더 내밀한 이야기들을 들려주었다. 그건 그를 전적으로 신뢰한다는 뜻이었고, 그를 사랑한다는 뜻이기도 했다.

비지터 121이 미소 지으며 내 손을 붙들자 비로소 눈물이 멈추었다. 그리고 과거에서부터 현재로 돌아왔다. 그는 비지터 11이 아니다. 나는 그의 귀에 대고 조용히 속삭였다. 깨어나지 않아서, 수술을 받자고 권유한 걸 후회했다고. 일주일 내내 매일 새벽 기도를 드리고 예배를 올렸다고 말했다. 그는 내게 감사하다고 대답했다.

그는 짐 가방을 꺼내 들고 수술실을 나서면서 우리에게 허탈하다는 듯 물었다.

"제가 왜 그렇게 인간으로 태어났다는 점에 대해서 집착했을까요?"

오, 인데바르의 신이여. 감사합니다. 그는 이제 아무런 의심 없는 우리 가족이 되었다.

비지터 121

스무 번째 생일이다. 식탁에는 백합이 열 송이나 꽂혔다. 케이크와 쿠키, 열대 과일 향이 나는 홍차, 사과파이, 연어샐러드 등 내가 좋아하는 음식들로 식탁이 가득 차려졌다. 검소하지만 영양이 풍부하고, 시각적 즐거움을 느낄 수 있도록 접시들의 모양이나 배치에도 신경을 썼다는 걸 한눈에 알아볼 수 있었다.

호스트의 집에 온 지 삼 개월이 지났다. 피스와 그의 가족들과 함께 이토록 안전하게 스무 살을 맞게 될 줄이야. 훈련원에서는 가끔 내가 몇 살까지 살 수 있을까를 가끔 점쳐 보곤 했다. 빈방에 갇혔을 때는 그해를 넘기지 못할지도 모른다고 여긴 적도 있다.

지능 개발원에서 가장 나이가 많은 축이 이십 대 초반이었다. 이십 대를 넘기고도 마스터 배정을 받지 못한 이들은 교육이나 개발원 관리 같은 일들을 맡았다. 우리는 대개 스물다섯 살을 넘기기 전에 죽었다. 비지터들에게는 생명을 유지하기 위한 충분한 조건이 제공되지 않았다. 우선시되는 것은 뇌의 발달이었고, 두 번째도, 세 번째도 그것이었다. 내게 남은 시간이 그리 길지 않다는 것을 떠올리자 이 시간이 더 소중하고 행복하게 느껴졌다.

"넌 이제 성인이야. 축하해. 너를 만나게 된 건 행운이야. 늘 고맙고, 네가 건강하길 바라."

메이는 직접 쓴 카드를 읽어 주었다. 그녀는 나와 함께 보냈던 시간의 아주 작은 순간들을 선명하게 기억하고 있었다. 그 일은 내게 위로가 되었다. 내가 죽는다 해도, 그녀의 기억 속에서 나의 일부가 살아 있다고 생각하니 안도감마저 들었다.

식사를 마치고 피스는 나를 작업실로 불렀다. 테이블 위에는 보스턴 고사리가 방 안의 습도를 적절히 유지하고 있었다. 작업실 곳곳에 생기가 넘쳤다. 그러나 벽에 걸린 거울에 비친 나 자신의 모습을 보았을 때 나는 절망했다. 내가 그들과 다르다는 것을 분명히 알 수 있었던 것이다. 나는 비지터였다. 나의 생김새가 피스나 메이와는 전혀 다르다는 것이 나를 소외감에 빠뜨렸다.

"당신처럼 내가 열 개의 다리를 가지고 있었다면. 긴 더듬이를 지니고 있었다면. 온몸이 갈색으로 빛난다면. 기다란 몸이 사방으로 유연하게 구부러지고 단단한 껍질을 가지고 있었다면, 그랬다면 얼마나 좋았을까요?"

"겉모습에 집착하지 말아요, 비지터 121. 우린 이미 한 가족인걸요."

피스는 내가 그런 생각을 하는 걸 원치 않는다는 듯 슬픈 눈으로 나를 봤다. 끊임없이 움직이던 그의 더듬이가 잠시 허공에서 멈추었다. 나는 그들에게 솔직한 생각을 말하지 않는 게 좋겠다고 생각했다. 피스는 그런 내 마음을 읽었다는 듯이 가볍게 고개를 저었다.

"난 있는 그대로 당신을 존중해요."

피스, 나의 호스트. 나는 마침내 그의 영혼을 사랑하게 되었다. 그리고 섬세하고 자상한 메이, 나는 그들 가족의 일원이 된 것에 대해 감사한다. 새로운 울타리는 나를 전혀 다른 사람이 되게 했다. 호스트 피스의 집이 내 가난한 영혼을 풍성하게 만들었다. 블랙과 암석들을 주 소재로 한 인테리어는 마음을 안정시켰고, 생화와 관엽 식물들이 집 안 곳곳에서 생기를 뿜어냈다. 피스는 자녀들과 같은 사이즈의 방을 내게 허락해 주었다. 대부분의 비지터가 방을 따로 얻지 못하고 공용 공간에 침대 정도를 허락받는 것에 비하면 특별한 대우였다. 나는 그들과 같은 시간에 식사했고, 같은 음식을 먹었다(대부분의 비지터들은 호스트의 가족이 식사를 마친 후에 식사한다. 비지터용 사료는 따로 판매한다).

피스의 가족들과 내가 다른 점이 있다면 집 밖으로 나가지 못한다는 점 정도였다. 나는 그 점에 대해서 불만이 없었다. 피스의 집에 모든 것이 있었기 때문이다. 여기는 천국이었다. 불필요한 감정으로 자신을 괴롭힐 필요는 없었다. 나는 피스의 작업을 도와서 그가 작업을 진행할 때 내가 느낀 인상을 말해 주고, 그동안 쌓아 왔던 지식을 동원해 작품이 수용자들에게 어떻게 전달될 것인지 예상하고 보완할 점에 대해 의견을 나누었다. 그렇게 나를 사용하는 시간을 사랑했고 피스를 사랑했으며 피스도 나를 사랑했다.

피스의 온유한 성격, 타 종족에 대한 너그러움과 이해심과 배려, 낮고 부드러운 말투, 바다의 수평선과 같은 중립적인 입매, 느긋함과 여유를 존경한다. 작업을 하는 동안 그와 함께 대화하는 것이 좋다.

호스트 피스

지금 진행 중인 작업은 인데바르족이 발전해 온 역사와 성장을 기리는 기념물로, 역사관 입구를 통과하면 정면에서 보이는 조각물이 될 것이다. 모두 일백스물의 인데바르들로, 상대의 뿔 위에 다리를 올리고 있는 형상이다. 위에서 보면 거대한 소용돌이로 보인다. 가장 안쪽에는 작고 어린 인데바르가, 바깥쪽에는 크고 건장한 인데바르가 자리하고 있다. 모두가 본능적으로 자기 자리가 어딘지 알고 있다.

인데바르족의 가장 뛰어난 점은 초유기성이다. 개체의 개성이 낮은 대신 전체를 사유하는 지성이 발달했다. 우리는 그

전 세대에 번영했던 인류가 타 종족과 조화를 이루는 능력을 잊었기 때문에 파멸했다고 믿고 있다. 그들은 전체를 사유하는 힘을 잃었다. 자기중심적으로 변한 나머지 자기 종족에게마저 연민을 잃어버렸다. 서로에게 적대의 화살과 총부리를 겨누는 일을 서슴지 않았다.

또 그들은 만족을 몰랐다. 그들이 주어진 현실에 만족하지 못함으로 인해서 다른 종들에게 어떤 일들을 벌였는지 잘 알고 있다. 단지 먹기 위해서 돼지를 강제로 임신시켜 태어나게 했고, 수명의 10분의 1밖에 살지 못한 개체를 단지 그때 살이 부드럽다는 이유로 도살했다. 태어나서 계속 새끼만 낳거나 수유만 하다가 죽은 돼지도 부지기수였다. 오리에게 부드럽고 따뜻한 깃털을 빼앗고자 산 채로 깃털을 뽑았다. 철창에 갇힌 채 내장 기관을 떼어 낼 날만 기다리는 곰도 있었다. 동물들은 이유도 모른 채 몇 세대에 걸쳐 고난을 당했다. 단지 인간에게 이익이 된다는 이유로! 인간은 지구 역사상 어떤 생물보다도 호화로운 생활을 했다. 가장 맛있는 음식을 탐했고 가장 넓은 집에 살고자 했으며 가장 빨리 움직이려고 했다. 다른 종의 삶은 안중에 없었다. 그래서 지금 비지터들은 당시의 동물들과 비슷한 상황에 처해 있다.

우리 인데바르족은 항상 그 점을 명심하고 있다. 우리 종족은 분명 인간보다 개성이 부족하고 지능도 그다지 높지 않다.

하지만 우리 인데바르족은 단순함과 온유함, 평화를 사랑한다. 나는 인데바르족으로 태어난 걸 감사한다. 우리에게는 초유기적인 지혜가 있다.

비지터 121은 작업에 몰두하는 것 외에 다른 일은 즐기지 않는 것처럼 보였다. 물론 그는 그렇게 훈련받았을 뿐이다. 나는 비지터 121이 작업에 그렇게까지 집중하는 게 건강에 좋지 않을 거라고 조언한다. "단지 수명이 짧아질 뿐이에요. 우리 인데바르족은 인간들처럼 아주 뛰어난 예술 작품을 동경하지 않아요." 비지터 121이 그 말을 이해하는 데는 좀 시간이 걸렸다.

나는 작업을 하는 동안에도 그처럼 몰두하지 않는다. 함께 작업하는 비지터와 되도록 많은 이야기를 나누려고 노력한다. 결과보다는 작업하는 과정을 더 사랑한다. 작품이 매일 조금씩 변화하는 모습에 감탄하고, 결점을 보완해 발전해 나가는 동안 대상에 관심과 애정을 기울이는 법을 배우고, 스스로에 대한 인내심을 기른다.

비지터는 달랐다. 그의 머릿속에는 명도와 채도, 황금 비율, 그러데이션, 소실점과 원근법, 대비와 대조, 비유와 상징이 들어 있었고 내가 이야기를 하다가 실수를 할라치면 그 순간을 알아차리도록 적절한 순간에 개입했다. 그는 감탄스러울 만큼 집중력이 뛰어나다. 가끔은 누가 호스트이고 누가 비지터인지 잊을 때가 있다. 작품에 그의 이름이 들어가지 않는다는 사실이 때때로 미안해질 만큼 그는 열정적으로 작업한다. 그래도 그와 나를 비교하는 일은 없다. 그저 내가 할 일을 할 뿐이다. 나는 작품이 뛰어나기보다는 적절하기를 바란다. 역사관에 입장하는 이들이 설치물을 보고 인데바르족으로서의 긍지를 느끼고 만족하면 그뿐. 그 외에 내가 더 무얼 바라겠는가?

메이

비지터 121의 눈이 빛을 잃었다. 그가 지나치게 작업에 열중하기 때문에 관계 맺기에 서투르다고 여겨 왔지만 정작 그렇지 않았다. 미적 판단이 작동하지 않자 우리들에게도 급속도로 흥미를 잃기 시작했다. 그건 집 안을 둘러싼 모든 사물들에도 마찬가지였고, 무엇보다 피스의 작품들에 그랬다. 쳐다보는 순간 떠오르는 생각을 주체할 수 없어 집중과 조언을 아끼지 않았던 그림이나 설치물들을 눈앞에 두고 비지터는 시큰둥한 반응을 보였다. 진행 중인 작업에 대해서도 마찬가지였다. 평소에는 피스가 자제시켜야 할 정도로 떠오르던 의견들은 불에 타서 사그라든 재처럼 자취를 감추었다. "아무것도 떠오르지 않아요. 작품으로 시선이 꽂히지조차 않는걸요. 이제 다 끝났어요. 그걸 알겠어요." 암초에 걸려 바다 밑으로 서서히 가라앉는 배처럼 비지터는 죽음을 앞두고 있었다. 무덤덤해 보이려고 노력했지만 피스는 슬퍼 보였다. 당황한 건 나도 마찬가지였다.

피스는 일단 오늘은 혼자 작업할 테니 비지터 121이 쉬는 시간을 갖는 게 좋겠다고 했다. 무리해서 예술 지원 고효율 뇌에 과부하가 걸렸을지도 모른다며 자기가 재미있는 농담을 했다는 듯이 껄껄 웃었다. 그의 웃음소리는 어색하기 그지없었고, 나는 따라 웃지 못했다. 그전에도 같은 일이 여러 번 있었기 때문이다. 비지터는 쉰다고 해서 회복되지 않는다.

비지터 121은 피스의 말에 순종했다. 우리는 함께 주방에 가서 커피를 내려 마시고 비스킷을 조금 먹었다. 비지터 121은 식성이 까다로운 편이라서 어떤 원두인지, 볶은 지 며칠이 지났는지, 비스킷에 들어 있는 버터의 양이 몇 그램인지 매번 정확히 맞힐 수 있었지만 이제 그렇지 않았다. 그가 쌉쌀한 미소를 띠고 말했다. "커피는 쌉쌀하고 비스킷은 달아요." 커피가 쓰고 비스킷이 달다니, 그건 그의 입에서 나올 말이 아니었다.

"기분이 어때요?"

내가 묻자 그는 잠시 뜸을 들이더니 어깨를 으쓱거렸다.

"이건 아주 고요하고 밋밋하고 단순한 세계네요. 꿈이 없는 잠과 같은. 전혀 자극적이지 않아요."

실오라기 같은 긴 한숨이 그의 몸에서 빠져나왔다.

피스는 나를 위로하려는 심산으로 일부러 쾌활한 척했다. 오늘은 어쩐지 작업이 잘 풀린다거나 작업이 막바지에 이르러서 이제 혼자 작업해도 충분하겠다는 류의 이야기를 떠들어 댔다. 피스는 식사를 마치고 우리 중 누군가가 말을 걸까 봐 두렵다는 듯 재빨리 작업실로 갔다. 소리가 나지 않도록 조용히 방문을 닫은 건 비지터를 자극하지 않기 위해서였을 것이다. 비지터가 다시 그 방에 들어가는 일은 이제 없을 테니까. 비지터 121은 임무를 마쳤다. 그건 더 이상 그가 우리 집에 살 이유가 없어졌다는 뜻이기도 했다.

그날 밤 누군가 냉장고 문을 열고 식빵을 꺼내 토스트기에 구웠다. 모두 잠든 짙은 어둠 속에서 조금도 주저하지 않고 입맛을 다시면서 급하게 배를 채우고 있었다.

나는 눈을 비비며 어두운 주방에 불을 켰다. 비지터가 나를 물끄러미 쳐다봤다.

"메이, 이것 좀 드시겠어요? 맛이 아주 좋은데요."

그게 우리가 처음 발견한 비지터의 부적절한 행동의 시작이었다. 비지터들은 부적절한 행동 열 개를 채우게 되면 자격을 상실하고 폐기 처분된다. 그가 제7기를 가장 편안히 받아들일 수 있는 방법은 뭘까?

비지터 122

호스트 피스의 집에 도착했을 때 나는 비지터 121이 아직 퇴거하지 않은 것을 보았다. 피스와 메이는 마음이 여린 축이어서 폐기 기간이 이미 지났는데도 실행에 옮기지 못하고 있었다. 비지터는 마치 어린아이처럼 굴었고 피스의 가족은 그에게 관대해 보였다. 식탁에는 정성을 들인 음식들로 그득했다. 아마 비지터 121이 좋아하는 것들이리라. 그녀는 다 소화하지 못할 정도로 음식을 많이 먹고 있었다. 예술 지원 비지터들의 평균 체중을 훨씬 넘어선 체격이었다. 그는 계속 식사를 하면서 자기를 데려갈 수거 차량이 오기를 기다리고 있었다. 그가 그날이 자기 인생의 마지막 날이라는 것, 곧 폐기될 운명이라는 것을 알고 있을까? 나는 그에게 그 말을 해 주고 싶었지만 피스의 가족들은 그러길 원치 않는 듯했다.

비지터 121은 나보다 나이가 다섯 살 정도 어려 보였는데 미적 판단 능력을 모두 소진했다고 했다. 나는 현재 그의 모습이 나의 미래가 될 수도 있다고 생각했다. 그가 왜 그렇게 급하게 제한된 기능을 쏟아부었는지 궁금했다. 피스는 담담한 표정으로 "중도를 지키지 못한 거죠. 그뿐이에요."라고 말했다. 그건 사실 같았다. 그처럼 영특해 보이는 인물이 그런 실수를 저지르다니. 피스는 내가 호스트 레이니의 집에서 계약 기간을 마치지 못하고 피스에게 재배정된 사연이 궁금하다고 했다. 나는 호스트가 나보다 더 능력이 뛰어난 다른 비지터로 교체를 원했다고 대답했다. "그들은 내게 만족하지 못했어요. 한동안 재훈련을 받아야 했죠." 피스는 고개를 끄덕였다.

메이가 비지터 121의 방에서 짐을 꾸려 나오자 나는 현관

앞에 세워 두었던 가방을 끌고 그가 쓰던 방으로 갔다. 인데바르족의 자녀들이 쓸 법한 크기의 깔끔한 방이었다. 엑스 비지터는 꽤 행복한 삶을 누렸을 거라고 짐작하는 게 어렵지 않았다. 그는 어쩌면 호스트의 가족들과 자신을 동일시하게 되었던 게 아닐까?

피스는 비지터 121을 폐기하러 가고, 메이와 나는 단둘이 남았다.

"우린 비지터 121을 사랑했어요. 그도 우릴 사랑했고요."

"그래 보였습니다."

"비지터 121에게 최선의 호스트가 되려고 애썼어요."

"그는 행복한 삶을 살다 갔을 거예요."

"비지터에게도 영혼이 있겠죠?"

"물론이죠."

"비지터 121은 왜 예정보다 더 빨리 우리 곁을 떠났을까요?"

"그는 고도 감정증의 뇌를 가지고 있었어요. 작업을 하는 데는 많이 도움이 되지 않았나요?"

"우리가 원한 건 그게 아니었어요."

메이가 흐느끼기 시작했다. 작업이 아니라면 그들이 원했던 게 대체 뭐였을까?

잠시 후 피스가 혼자 들어왔다. 메이는 너무 많이 울어서 좀 휴식이 필요해 보였다. 그녀는 나와 포옹을 나눈 뒤 방으로 들어갔다. 피스가 작업실을 구경시켜 줬다. 피스와 비지터 121이 함께 이루어 낸 절반의 작품 앞에서 나는 잠시 머뭇거렸다. 인데바르족의 조화 능력과 균형 감각, 평화를 사랑하는 그들의 성품이 작품 곳곳에서 배어 나왔다.

테이블 위에 고사리에 시선이 멈췄다. 나는 나 자신이, 그리고 과거에 행복했던 비지터 121이 그 보스턴 고사리와 비슷한 처지라고 느꼈다. 우리는 삶을 누리는 주체가 아니라 인데바르인의 삶을 유지하기 위한 부품이었다. 그게 우리의 역할이었다. 집 안 곳곳에 놓인 장식물이나 쾌적한 온도와 습도를 유지하기 위한 갖가지 제품들, 거실 벽에 걸린 유명한 그림이나 소파 옆에 세워진 공예품들도 마찬가지였다. 내가 그 물건들과 같은 처지에 있다는 생각이 들게 했다.

"뭘 그렇게 골똘히 생각하나요?"

"고사리에 대해서요. 이 화분에 담겨 있는 보스턴 고사리의 운명이 저와 같다는 생각을 하고 있었습니다."

"당신과 같다?"

"그저 그런 생각이 저를 막 스치고 지나갔을 뿐이에요. 바람이 한순간 스쳐 지나가듯이, 구름이 무심코 허공을 흘러가듯이요."

나는 명랑한 목소리로 피스가 다소 심각해져 있다는 것을 일깨웠다.

　나를 보고 환하게 웃는 호스트 피스를 마주 보면서 나도 그를 따라 입가에 부드러운 미소를 만들었다.

　나는 이와 비슷한 류의 대화를 여러 번 연습했다. 메이커는 비지터 121의 헌신과 진지함이 호스트를 만족시키지 못했으므로 내가 좀 더 균형 감각을 갖춘 느슨한 유머 감각을 발휘할 수 있도록 대화 훈련을 추가했다.

쑤안의 블라우스

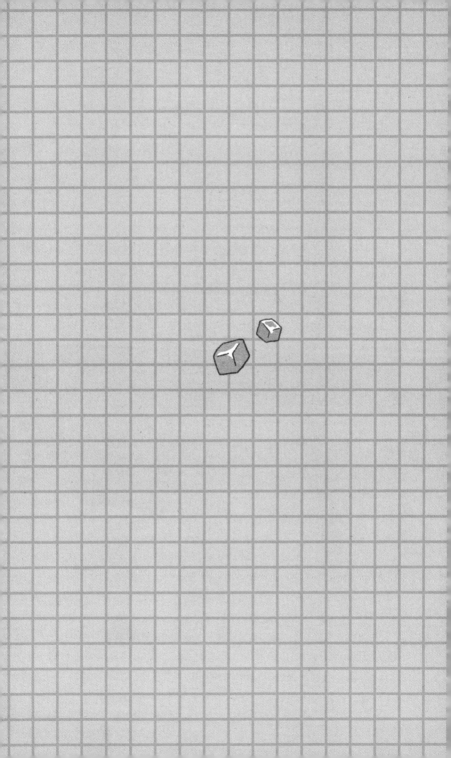

어젯밤에 창신동 쪽방촌에 불이 났다고 했다. 북쪽이면 돌산 아래 판자촌이다. 주로 외국인 노동자들이 일하는 작은 공장들과 그들의 숙소인 쪽방이 몰려 있는 곳이다. 불은 금방 잡혔는데 한 사람이 중태에 빠졌단다. 가족 없이 혼자 건너온 이주 노동자라고 하는데 나이가 어린데 아무래도 어려울 것 같다면서 에이효, 한숨을 내쉰다. 그 말을 듣는 나도 따라 한숨을 쉬고 만다.

쪽방에서는 자주 화재가 나고 사고가 잇따른다. 창신동 43X 번지 일대에 육백 개 정도의 쪽방이 있다. 일제 강점기 시절에 사창가였다고 하는데 이후로는 숙박업소가 되었고 이제는 소규모의 공장이나 주택으로 사용되고 있었다. 그곳에 사는 사람들이 대부분 일용직으로 일하는 봉제 노동자들인데 최근에는 외국인 노동자들의 비율이 점점 늘어나고 있었다. 베트남, 라오스, 캄보디아 사람들이 많이 들어왔다. 건물들이 워낙 노후한데다 안전 관리가 전혀 되어 있지 않아 사고가 끊이지 않는다. 우범 지대에 위험 지역이고 비 오는 날에는 물난리, 바람 부는 날에는 불이 나도 값이 워낙 싸니 찾는 사람이 있게 마련이다. 사고가 나면 대개 말없이 죽거나 다치고 마치 그 일이 없었던 듯 해결책이나 대책도 마련되지 않고 잊힌다. 그러면 누군가 목소리를 내지 못한 그 방에 다시 어떤 돈 없고 힘 없고 목소리 없는 다른 이가 들어오는 것이다.

쪽방촌을 지날 때마다 봉제 일을 시작하던 스무 살 시절이 생각났다. 한 층을 나누어서 허리를 접고 들어가 앉았던 작업실과 그 위층에서 자던 기숙생들. 작업장 널빤지 위에서 자던 동료들. 중국 옷들이 대량으로 밀려 들어오기 전에는 물량이 많았다. 새벽까지 일해도 일거리가 넘쳐 났다. 물량이 없는 지금에 비하면 행복한 시절이라고 해야 하나 싶지만 그때는 계속 들어오는 천더미들이 밀려드는 파도처럼 목까지 차올라 숨이 막혔다. 쾨쾨하게 목구멍을 메운 먼지들에 기침을 해 가면서 지하실에서 보낸 시절도 잠시, 중국에서 값싼 옷들이 대량으로 밀려 들어온 데다 IMF 사태에 경제 불황이 겹치면서 번성하던 공장들은 하나둘 문을 닫았다.

어찌어찌 버텨 낸 나는 이곳에서 작은 공장을 운영하고 있다. 그리고 어떤 사람들은 내 이십 년 전의 그 시절을 지내고 있다. 그들 중 한 사람이 어제 변을 당했다.

밖에서는 그 안에 쪽방이 있는지 없는지도 잘 구분이 가지 않았다. 가끔 벽에 작게 난 창문 틈으로 들여다보이는 방이 있었다. 창이라기보다는 구멍을 닮은 그 틈새 안쪽은 좁고 어둡고 습한 굴을 연상시켰고 그 안에 내 스무 살 시절이 들어 있는 것만 같아 그냥 지나치지 못하고 자주 서성거렸다.

이름이 쑤안이라고 했다. 인도인이거나 파키스탄인일 거다. 봉제 실력을 상, 중, 하로 나눈다면 '하'일 게 분명하다. 일당 노동자들은 능력에 따라 정말 천차만별이다. 일정이 두세 시간이나 일찍 끝나서 여유롭게 차를 마시고 돌려보낼 수도 있고 야간작업을 하다가 그다음 날로 넘어갈 수도 있었다. 이주 노동자들의 이름이 반갑지 않은 것은 그들의 봉제 실력 때문이다. 경력이 없는 만큼 미숙한 경우가 대부분이다. 일거리를 찾아왔는데 이 일이 손에 익었을 리 없다. 그건 분명 당연하고 자연스러운 일인데, 당장 납품을 해야 하는 입장에서는 반갑지 않은 일꾼인 것도 사실이다. 반면에 일당 일을 하는 한국인들은 대개 젊은 시절부터 이 일을 해 온 전문가라서 나보다 재봉틀을 더 잘 돌리는 숙련공이다. 한국인들은 대부분 나보다 나이가 많다. 봉제 공장이 한창 번성하던 시기가 있었다는 증거처럼, 남아 있는 우리 봉제 노동자들의 사회는 고령화되었다. 그렇다고 외국인을 안 받는다고는 하지 못했다. 물론 일을 제대로 못하면 다시 돌려보지만 애초에 안 된다고 하지는 않았다. 아무리 실력이 없어도 네 시간은 앉혔다. 만든 옷가지가 없어도 얼마 안 되지만 네 시간의 시급을 줘서 돌려보냈다.

분침이 숫자 2를 지나고 얼마 지나지 않아 갓 스무 살을 넘겼을까 싶은 젊은 아가씨가 들어왔다. 이목구비가 또렷하니 예쁘장하고 눈빛이 총명해 보였다. 스물다섯, 이름은 쑤안이라고 했다. 베트남에서 왔단다. 구립 도서관에서 한국말을 배우고 있어 쓸 줄도 안다면서 벽에 붙은 아크릴 칠판에 써 있는 자기 이름을 가리켰다. 요즘 매일 한 시간씩 연습하고 있다고 신이 나서 자랑까지 했다. 배움터에 다닐 때가 문득 떠올랐다. 야근이 끝나고 지친 몸과 마음으로도 선생님을 만나고 친구들을 만나러 간다고 생각하면 힘이 났다. 그때 그 선생님 같은 사람들이 다른 곳에서 또 다른 사람들에게 배움을 전하고 있다고 생각하니 쑤안이 타지 사람으로만 보이지 않았다. 쑤안의 단정한 얼굴에 순진한 미소가 어른거린다. 그 미소 뒤에 피곤하고 고달픈 기색이 묻어 있다. 쑤안의 얼굴에 내 어린 시절의 얼굴이 겹쳐 보인다. 그 시절 동료들의 앳된 얼굴이 스쳐 지나간다.

입사하고 첫해에는 고생을 꽤나 했다. 자존심이 센 탓이었을까. 사장이 무서워 실수한 원단을 숨겨 놓고, 보여 달라고 하면 분명히 다 했는데 없어졌다고 말했다. 잃어버려도 혼나고 실수를 해도 혼났는데 잃어버렸다고 말하는 게 더 나았다.

봉제를 얼마나 했는지 물어보니 한국에 와서 내내 봉제 쪽으로 일을 해서 능숙하다고 말했다. 구체적으로 말을 안 하는 걸 보면 아직 시작도 못 해 본 게 분명하다. 한국에 언제 왔느냐고 물으니 잠시 머뭇거리다가 일 년이 좀 넘었다고 했다. 일 년이 안 된 모양이었다. 예정대로 마감일은 하루 미뤄지겠구나 싶었다. 하지만 "그렇군요, 다행이네요."라고 말하고 쑤안을 자리로 안내했다.

쑤안의 손은 아주 작았고 거친 일을 해 본 적이 없는 듯 연하고 부드러워 보였다. 그녀 손으로 천을 얼마나 밀어 낼 수 있을까. 페달을 얼마나 밟을 수 있을까. 여기서 얼마나 오래 버틸 수 있을까. 체격은 좋은 편이어서 오래 앉아 있을 수 있을 것 같은데 손이나 발 쪽에 힘이 없어 보였다. 아무래도 봉제 쪽이 아니다 싶지만 초면에다가 타국에서 온 이에게 함부로 할 수 있는 말이 아니었다. 그러고 보면 내 한국인 동료들도 생김새는 각기 다 달랐다. 언제 돌려보내느냐가 관건이었다. 앉자마자 그러면 마음이 좋질 않을 것 같아서 실력이야 어찌 되었든 한나절은 기다린 뒤에 수당을 줘서 돌려보내야겠다고 생각했다. 내가 이득 본 일이 없어도 상대의 입장에서 생각하는 방법을 나는 1979년, 시정의 배움터에서 배웠다.

작은 사고가 있었다. 시침 핀을 빼지 않고 그대로 박음질한 탓에 미싱 바늘이 부러졌다. 쑤안이 다치지 않은 게 다행이었다.

"노루발 가장자리에 닿기 직전에 핀을 빼야 해요. 너무 빨리 빼면 천이 어긋나고 꽂은 상태에서 박으면 바늘땀이 뜨거나 바늘이 이렇게 부러져서 다칠 수가 있어요. 바늘이 손톱을 뚫고 지나간 적이 있었는데, 지금 큰일 날 뻔했어요. 정신 똑바로 차리지 않으면 다치는 거 순식간이에요."

"타이밍을 놓쳤어요. 잠깐 딴생각이 들었어요. 미싱 앞에 앉아 있으면 자꾸 고향 생각이 나요. 기분이 좋아지는데 그러다 보면 천은 밀려나 있고……."

"집중해야 돼요. 처음엔 집중하는 게 어렵겠지만, 자꾸 하다 보면 오히려 편안할 거예요. 딴생각이 나면 더 눈을 크게 뜨고."

"네, 사장님."

쑤안이 박아 놓은 솜씨를 흘끗 보니, 직선 박기는 어느 정도 하는데 곡선 박기가 영 서툴렀다. 블라우스 네크라인과 진동 둘레가 삐뚤빼뚤 어긋나 있었다.

"곡선이 잘 안돼요."

내가 그쪽에 시선을 두고 있는 걸 보고 쑤안이 덧붙였다. 천을 밀어 주는 힘 조절이 아직 손에 익지 않아서 그런 것 같았다.

"자, 이리 앉아 봐요."

"일단 이렇게 진행 방향이 왼쪽에 오도록 돌려놓고 노루발을 보면서 박는 거예요. 박음 선이랑 몸이 수직이 되도록 천을 밀어 주는데 지금 보면 천이 밀려서 울잖아요. 힘을 너무 많이 줬어요. 양손으로 균형을 잡아서 이렇게, 자연스럽게 밀어 주면 돼요. 이건 계속 하다 보면 늘 거예요. 나도 처음엔 곡선 박기 할 때마다 애를 좀 먹었어요."

쑤안의 입가에 미소가 어린다. 눈빛을 반짝이면서 내가 하는 걸 지켜보고 자기도 그대로 따라 해 본다.

"전보다는 분명히 더 잘되는 것 같아요, 사장님!"

쑤안의 즐거운 목소리에 나도 덩달아 기분이 좋아진다.

네 시간은 금방 흘러서 어느새 12시 55분이었다.

"오 분이 남았네요. 아까 보니까 로터리 커터를 잘못 쥐던데 그걸 연습하다가 정시 되면 퇴근해요."

쑤안을 재단판 앞에 앉히고 다시 시범을 보인다.

"다섯 손가락을 전부 사용해요. 세 손가락만 쓰니까 힘이 새어 나가는 거예요. 네 손가락으로 단단히 잡고 엄지는 반대 방향으로. 이렇게 천과 수직이 되도록 세워 놓고, 자를 따라서 몸 쪽으로 당겨 오면 돼요."

쑤안이 커터를 다시 쥔다. 쑤안의 입꼬리가 기분 좋게 올라간다. 보지 않아도 보인다. 가는 곳마다 불청객이나 골칫거리 취급을 받았을 것이다. 혼이 나고 야단을 맞고 실수를 할 때마다 마음을 졸였을 것이다. 다른 어떤 공장에서도 환영받지 못했을 게 뻔하다. 외국인들은 가르쳐 놓으면 비자 만기가 돼서 본국으로 돌아가야 하야 하는 경우가 많았다. 미등록 이주민일 경우 우리 쪽에도 책임이 있으니까 아무래도 환영하는 마음이 들지 않는다. 그래도 늘 내 자리에서의 최선은 다하자고 생각한 것이 이 한나절의 연습 시간이었다. 처음에는 나만 손해 보는 일을 하는 것 같아서 인력 센터에서 일용을 쓰지 말고 객공들과 지속적인 관계를 맺는 게 낫겠다고 생각했는데, 그럴 때마다 배움터 생각이 났다. 그때 그 사람들은 아무런 보수를 받지 않고 왜 우리를 가르쳤을까. 서른도 안 된 대학생 선생님들이 저들도 피곤한 얼굴을 하고서 책을 펴 들고 하루의 남은 열정을 우리들에게 쏟을 때 나는 가끔 의아한 기분이 들곤 했다.

나는 좋게 말하면 질문을 잘하는 학생이고, 나쁘게 말하면 따지기를 좋아하는 학생이었다. 장구를 배우고 노래를 하고 연극을 배우는 게 즐거웠지만 노동법이나 환경에 대해서 배우고 토론하는 시간은 지겹다고 생각했다. 나는 그런 걸 왜 배워야 하느냐고 물었고, 작업 환경에 대해서 토론하자고 하면 공장에서 동료들 사이에서 있었던 일들을 이야기하고 싶어 했다. 그러면 점잖은 목소리로 주제가 어긋났다고 말해 주던 선생님을 괜히 마음속으로 미워하기도 했다. 공장 생각은 별로 하고 싶지 않으니 그 이야기를 끄집어내기도 싫었던 것이다. 입학 지원서를 쓰면서 설레고 고마워하던 마음을 어느새 잊고 "근데 우리에게 왜 가르쳐 주는 거예요?"라고 질문했을 때 알 듯 모를 듯한 미소와 함께 되돌아왔던 대답을 이렇게 오래 기억하게 될 줄은 그때는 몰랐다.

"난 신에게서 받은 것을 다시 신에게,라는 구절을 좋아해요. 나도 배웠으니까, 그걸 다른 사람에게 가르쳐 주고 싶어요."

"신에게서 받은 것을 다시 신에게."

나는 그 말을 완전히 이해하지는 못했지만 평소처럼 다시 묻지 않고 나지막이 따라 읊어 보았다.

"신에게서 받은 것을 다시 신에게,라는 말 알아요?"

쑤안이 고개를 끄덕였다.

"네, 알아요. 바가바드 기타."

"네?"

"『바가바드 기타』라는 책에 나오는 구절이에요."

쑤안이 친절한 말투로 내게 알려 줬다.

"그건 몰랐네요. 그런 책이 있다는 것도. 고마워요, 쑤안."

"별말씀을요."

쑤안과 내가 마주 보고 웃었다.

"이제 퇴근할 준비해요. 실 끊고 마무리하는 법은 알고 있겠죠?"

"네!"

쑤안의 목소리가 씩씩하다. 매일 출근하는 곳마다 되돌려 보내지는 쑤안의 일상을 잠시 떠올려 보았다. 매번 상처를 받고 고개를 숙일까. 이제 이력이 붙어서 아무렇지 않을까. 재봉틀 앞에서 잔뜩 굳어서 딱딱하게 올라가 있는 어깨를 잠시 먼 산 보듯 바라보았다.

"커피 한잔 마시고 가요."

"커피 말고 다른 건 없어요?"

"커피 말고?"

"커피 못 마셔요. 다른 차 없어요? 홍차?"

"아, 이런. 커피밖에 없네요."

"그럼 그냥 갈래요."

쑤안은 나갈 채비를 했다. 주눅이 든 기색은 전혀 없고 심지어는 자기가 봉제한 옷들의 수준을, 내가 보기에는 아이들이 장난을 쳐 놓은 것 같은 옷들의 상태를 내심 마음에 들어 하는 것 같았다. 그녀의 얼굴이 나보다 밝아서 보내는 마음이 조금 덜 미안했다. 장난기 어린 미소를 대하니 나도 모르게 피식 웃음이 나왔다. 안달복달 시간에 쫓겨 가며 하루 종일 옷가지에 묻혀 있는 내 모습이 더 미숙해 보이고, 웃음기 어린 얼굴로 비틀비틀 삐뚤어진 봉제선을 따라 서툰 손을 움직이는 쑤안 쪽이 어쩌면 인생에는 더 능숙한 것이 아닐까. 뭐 그런 생각을 하면서 씩씩한 뒷모습을 바라보았다.

"자꾸 하면 늘어요."

그녀가 고개를 끄덕였다.

그 정도가 내가 쑤안에게 해 줄 수 있는 작은 선물이었다.

쑤안이 나가고 물티슈를 한 장 꺼내서 얼굴에 들러붙은 실먼지들을 떼어 냈다. 어떤 사람이 들고 날 때마다 이곳 작업장의 공기가 달라져 있음을 느낀다. 쑤안이 만들어 낸 재봉틀의 리듬으로 분명 공장 안의 시간이 다르게 흐르고 있었다. 나는 그녀에게 한나절의 연습 시간을 선물했고, 그녀는 나에게 즐거움을 주고 갔다. 쑤안의 재봉틀이 만들어 낸 엇박의 리듬이 공장 안에 활기를 불어넣어 주었다.

1시 반쯤 다시 인력 사무소에 전화를 걸어 다른 인부를 보내 달라고 요청했다. 이번에는 확실해야 한다고 말하면서 확실하다는 게 뭘까, 잠시 스스로 궁금해졌다.

이십 년 전에 시다로 시작해서 미싱사가 되고, 객공으로 일하다 공장을 차렸다. '경애 패턴'. 나는 지금 노련한 봉제사가 되었다. 쑤안이 떠나고 뒤이어 도착할 봉제사는 아마도 실력자일 것이다. 그리고 그도 나도 어떤 확실한 실력을 갖춘 봉제사도 과거에는 쑤안처럼 재단 한 벌을 들고 쩔쩔매던 시절이 있었을 것이다. 다만 우리가 그 시절을 너무 빨리 잊는다. 기억하지 못하고, 이해하지 못한다.

다음 날 오전에 십 분 정도 일찍 도착해 셔터 문을 여는데 등 뒤에서 쑤안이 나타났다.

"안녕하세요? 쑤안이라고 합니다."

"무슨 일 있나요?"

"제 이름은 쑤안이에요. 인력 센터에서 왔어요. 오늘 여기에 작업 배정을 받았고요."

나는 뭐라고 대답할 말을 찾지 못했다. 잠시 머뭇거리다가 날씨도 추운데 일단 안으로 들어가자고 했다.

"커피, 아니 따뜻한 물 한잔 마시면서 기다리고 있을래요?"

나는 쑤안의 대답도 듣지 않고 다시 밖으로 나와서 인력 센터 담당에게 전화를 걸었다.

"쑤안이 여길 왔어요. 센터에서 보냈다고 하던데요."

"오늘 경애 패턴 담당이 쑤안입니다."

"쑤안은 어제 왔는데. 어제 네 시간 작업하고 다시 센터로 돌아갔는데 오늘 다시 돌아왔어요."

잠시 망설이는 듯 암전이 흐른다.

"쑤안은 어제 동대문 평화 쪽으로 나갔어요. 한 사람이 몸뚱이가 두 개가 아닌데 홍 사장님한테 갔을 리가요. 뭔가 착각하신 거 아녜요? 한국 사람들이 보기엔 그쪽 사람들 얼굴이 다 거기서 거기로 보이니까, 다른 사람이랑 헷갈리는 거 아녜요? 요즘 작업 바빠서 정신 없으신가 보네."

담당이 무슨 소리를 하는지 알 수 없다. 쑤안이 어제 공장에 오지 않았다니, 그럼 내가 만난 그 사람은 누군가. 만약 내가 정말 정신이 어떻게 되어 버린 게 아니라면 오늘 온 쑤안이 진짜 쑤안이고 어제 온 쑤안은 다른 사람이라는 건데, 그럼 그 사람은 누군가? 나도 모르고 담당도 모르고 쑤안도 모르는 어제 온 그 사람이 대체 누군가? 내가 꿈을 꾸었다고밖에 설명할 도리가 없다.

작업장으로 들어가자 쑤안이 손에 들려 있던 비닐봉지를 내밀었다.

"반쎄오예요."

"만들었어요?"

"건너편 시장에서요. 거기 우리나라 음식들을 많이 팔아요. 그래서 고향이 그리우면 그 시장으로 가서 음식을 먹으면서 마음을 달래요."

"다행이네요. 자, 이거 먹고 시작합시다."

얼떨떨한 상태지만 그래도 매일 하던 습관대로 커피 한 잔을 마시고 베트남 음식까지 먹고, 달달한 마음에 배가 부른 상태에서 기분 좋게 재봉틀 앞에 앉았다.

어제 야근을 한 탓에 오늘은 몸이 영 찌뿌둥하다. 수술을 한 손목이 욱신거리자 센터장이 알려 준 대로 고통을 바라보았다. 손목에서 느껴지는 감각이 점차 멀어지고 차차 사라지고 점점 더 깨끗해진다. 석화된 어깨 쪽으로 의식을 가져가 보지만 그 쪽은 엄두가 나지 않는 바위가 앉아 있다. 손으로 가만히 어깨를 잡아 본다. 그 안에 우리 피복 노조 사람들의 목소리가 들어 있는 것 같다. 경애야, 보빈 좀 갈아 놔. 경애야, 검정색 실 열다섯 개 갖다줘. 경애야, 평화 시장 23호에서 주문 들어온 거 수량 확인해. 또 그 안에 스무 살 시절 배움터 선생님의 목소리가 담겨 있는 것 같다. 함께 배운 레크리에이션이랑 장구, 노래와 춤, 연극, 또 엠티에 가는 것이 좋았다. 야학이 아니었다면 내게는 일하는 시간과 잠자는 시간밖에 없었을 것이다. 친구들과 어울리고 선생님도 만나고 이런저런 취미 생활을 알게 되고. 또 무엇보다 노조 활동을 하고 있으면 사장이 함부로 굴지 못했다. 그래서는 안 된다는 걸 모르는 사람과 그래서는 안 된다는 걸 모르는 사람이라는 걸 아는 사람의 관계가 그래서는 안 된다는 걸 알고 있는 사람과 그래서는 안 된다는 걸 알고 있는 사람이라는 걸 아는 사람의 관계로 바뀌면서 사장은 내게 큰소리치지 못했다. 다른 동료들에게는 미루고 덜어 내던 임금도 잘 맞춰 주었다. 물론 눈빛은 달라졌다. 사장이 나의 존재를 반기지 않는다는 걸 분명히 느낄 수 있었다. 하지만 사장이 내 연인도 아닌데 부드러운 눈길이 아니면 어떻고 기면 어떻담. 일을 하는 데 걸맞은 대우를 받고 당당해질 수 있어서 배움터가 좋았다.

이번에는 쑤안의 옆자리에 앉았다. 이번에는 실수하기 전에 슬쩍슬쩍 언질을 주니 잘 알아듣고 금세 습관을 고쳤다. 어제는 봉제 쪽으로는 영 재능이 없다고 생각했는데 오늘 보니 계속 연습하면 잘 할 수 있을 것 같았다.

"솜씨가 나쁘지 않아요."

쑤안이 천을 미는 손에 힘이 실렸다. 신이 나서 쭉쭉 밀어 내는 걸 분명 알아볼 수 있었다. 그런데 쑤안은 왜 다시 이곳으로 왔을까? 쑤안이 재봉틀을 돌리는 리듬을 들으면서, 이게 무슨 일인지 어리둥절하다.

옆자리의 쑤안은 차분하게 집중해 가며 천을 잘 밀어 내고 있다.

"쑤안, 베트남에서 왔죠?"

"맞아요. 어떻게 아셨어요, 사장님?"

쑤안은 천을 밀어 내는데 흐트러짐 없이 대답하고 묻는다.

"그쪽 사람들이 자주 파견을 오니까. 베트남, 라오스, 캄보디아. 우리말을 잘하는 편이에요. 뭐든 금방 익히나 봐. 어제보다 실력이 월등히 좋아졌어요."

"감사합니다. 저, 구립 도서관에서 한국말을 배우고 있어요. 저 한국말 잘한다고 칭찬 많이 들었어요. 거기 선생님이 아주 친절하세요. 그 선생님을 좋아해요."

쑤안이 웃는다. 나는 어제 우리 두 사람의 대화가 같게 또 다르게 변주되고 있다는 걸 느낀다. 어제다. 오늘은 어제였다. 어제가 다시 돌아온 것이다. 모든 것이 같았고 달라진 것은 나였다.

블라우스 다섯 벌을 작업하는 동안 쑤안은 반 벌이었다. 하지만 채근하는 마음도 불만스러운 마음도 들지 않았다. 쑤안을 돌려보내고 난 뒤면 숙련공이 곧 도착해 밀린 작업을 뒤따라 잡고도 시간이 남을 거라는 걸 알고 있으니 고민할 것도 염려할 일도 없이 마음이 편했다.

다시 돌아온 12시 55분.

"곡선 박기가 많이 늘었어요. 진동 둘레를 아주 잘했네요."

"어제 집에서 그거 연습했어요. 친구 만나서 커피숍에 놀러 가서 수다 떨었는데, 한국엔 커피숍이 정말 많고 맛있는 음료 수가 정말 많아요. 우린 매주 커피숍에 가요. 집에 와서 공부하다가 잤어요."

"나도 커피숍에 가는 거 좋아해요."

"근데, 사장님. 저 무릎이 아파요."

쑤안이 투정을 부리듯 털어놓는다.

"무릎이?"

"여기 오기 전에 고향에서 과일을 팔았는데, 하루 종일 서 있었거든요. 무릎 쪽 뼈에 균열이 왔었어요."

"나도 무릎이 약해요. 봉제하는 사람들, 다들 서 있는 게 쉽지 않죠."

서 있는 일은 영 익숙지 않다. 이상한 일처럼 들릴지 모르지만 우리 쪽 사람들은 대개 서 있는 것이 어렵다. 하루 종일 앉아서 일을 해 왔고 좀처럼 서 있을 일이 없어서인지 서 있는 근육은 모조리 퇴화한 모양이다. 마치 봉제를 하기 위해 존재하는 사람처럼 봉제와 관련한 근육만 발달되어 있다.

"조심해야겠네요. 손목이나 어깨 같은 관절에 부담이 많이 갈 거예요. 난 곧 수술을 해요."

"어디가 안 좋으세요?"

"손목에 혹이 생겼어요. 아마 쑤안도 이 일을 계속하게 되면, 안 그러면야 좋겠지만 무리가 올 거예요. 오래 앉아 있을 수 있게 되겠지만, 오래 서 있지 못하게 될 거고. 1시네요. 이제 돌아가요. 아까 센터에 전화는 미리 해 뒀어요."

"네. 사장님."

쑤안이 차분하게 대답한다. 맑은 얼굴, 순한 눈. 다른 나라 사람들의 얼굴에선 우리나라 사람들과는 전혀 다른 무엇이 있다. 그게 뭘까. 봉제 일을 오래 한 것처럼, 그래서 봉제에 걸맞은 사람으로 변형된 것처럼. 한국에 오래 있었고 그래서 한국이 너무 익숙해져 버린 나는, 쑤안은 가졌는데 나는 갖지 못한 그것이 뭔지 발견하지 못한다. 그게 뭔지 알게 된다면 남은 삶이 조금은 달라지지 않을까.

"궁금한 게 있어요."

"뭔데요?"

쑤안의 입가에 보조개가 팬다.

"매일 무슨 생각 해요? 난 처음 봉제 시작할 때 그다음을 생각했어요. 내가 지금은 시다지만 미싱사가 되면, 지금은 직원이지만 사장이 되면, 그런 식으로. 그래서 결국 공장을 차리게 됐지요."

쑤안이 고개를 끄덕인다.

"그냥 전 오늘만 생각해요. 오늘 하루를 무사히 보내면 된 거예요."

나도 쑤안이 그랬던 것처럼 고개를 끄덕인다. 순수한 마음이란 욕망을 떠난 것이라고 했었지. 바라는 게 없는 사람이 행복하다고. 행복해서 더 바랄 게 없는 게 아니라 바랄 게 없으므로 행복해진다. 알면서도 잘 되지 않는 그 진리를 쑤안의 맑은 얼굴을 통해서 본다.

"얘기해 줘서 고마워요. 쑤안, 이제 돌아가도 좋아요. 얼마 되지 않지만 시간당 급료를 입금해 드릴게요."

"감사합니다, 사장님."

쑤안의 목소리가 씩씩하다. 월급날만큼 신이 나는 날이 없었다. 여름에 선풍기도 못 돌리고 매캐한 먼지 때문에 환기가 되지 않는 지하실에서 기침을 할 때마다 내가 왜 여기서 이러고 있나 하면서도 월급을 받으면 불만이 싹 달아났다. 조금 더 버티자, 힘이 솟았다.

"난 봉제가 좋았어요. 재미도 있고, 일하면 집중하니까 마음이 편안해지는 게 좋았어요. 우리도 전문 인력인데 실력에 비해서 대우는 못 받지만, 내가 이 일 좋아하니까 계속해요."

"저도 봉제가 재밌어요. 근데 실력은 좋지 않아요. 잘 늘지 않아요. 칭찬 많이 받지 못했어요."

쑤안이 머리를 긁적인다. 고개가 아래로 떨어지는데 그녀의 얼굴을 들어 당당히 정면을 보게 해 주어야 한다는 생각이 들어서 거짓말을 해 버렸다.

"나도 처음엔 우리 공장에서 꼴찌였어요. 근데 점점 더 잘하게 되었어요. 그냥 계속했어요. 그러면 늘어요."

"저도 그럴게요, 사장님."

쑤안이 씩 웃는다. 물티슈를 한 장 꺼낸다. 얼굴을 닦고 먼지가 잔뜩 달라붙은 물티슈를 휴지통에 던져 넣었다. 마치 처음 보는 세상 보듯 궁금한 얼굴로 고개를 숙여 휴지통을 안을 들여다본다. 지금 막 버린 물티슈뿐이다. 하나뿐이다. 어제 버린 물티슈는 보이지 않는다.

오늘은 어제니까. 우리는 다음 날로 넘어가지 못했으므로. 나도 쑤안도 어제에 머물러 있다. 다시 어제를 반복하고 있다.

쑤안이 만들어 낸 재봉틀의 리듬에 귀를 기울인다. 같은 재봉틀이라도 사람에 따라 다르게 움직인다. 의자에 앉아 허리를 살짝 굽히고 있는 그녀의 모습은 반가 사유상을 연상시킨다. 다시 쑤안에게 묻고 싶다.

어제를 넘어가는 방법을 알아요? 어제를 지나는 방법을, 새로운 날을 맞는 방법을 그녀가 알고 있을지도 모른다는 생각이 든다. 하지만 쑤안의 이름을 부르고 입술을 열었을 때 내 입에서는 "그만 정리하고 일어나요. 이제 돌아가도 좋아요."라는 말이 튀어나왔다.

다음 날 아침에도 쑤안은 작업장에 찾아왔다. 이제 사흘째인데 나는 어제처럼 당황하지도 놀라지도 않았다. 어제가 다시 찾아온 것에 그사이 익숙해져 버렸다. 그러므로 나는 쑤안에게 왜 왔느냐고 묻지 않았다. 쑤안에게 어제와 같은 자리를 지정해 주고, 어제와 같은 본을 넘겼다. 쑤안은 그것들을 처음 보는 양 설레는 표정으로 받아 들었다. 노루발을 끼우고 재봉틀을 밟고 천을 밀어 내는 손의 움직임이 어제보다 능숙해진 것은 분명한 사실이었다.

라디오를 틀고 음악과 멘트를 들으면서 쑤안과 나는 박음질을 시작한다. 오늘은 뜬금없이 내 얘기를 불쑥 꺼낸다.

"다음 주에 손목 수술을 해요."

"손목이 아파요?"

"손목에 혹이 생겼어요."

"무섭겠어요."

"무섭죠. 근데 수술이니까 무서운 거지, 하면 무서움이 사라져 버려요. 안 무서운 게 무섭다고 느껴지면 그게 이상한 거지, 수술이 무서우면 그건 그냥 당연한 게 아닌가 싶어서."

무슨 소린지 잘 못 알아듣겠다는 듯 쑤안은 고개를 갸웃한다.

"그런데 이렇게 일을 해도 괜찮아요?"

"무슨 일이 있어도 앉아 있을 수 있다면 재봉틀을 돌렸어요. 수술하고 나도 며칠 쉬겠지만 다시 여기 앉아서 어제처럼 오늘처럼 재봉틀을 다시 돌리겠죠."

다시 우리 두 사람의 박음질하는 소리가 마치 박자를 맞춘 이중주처럼 작업장을 채우기 시작한다. 어제도 그 전날도, 아주 오래전부터 이렇게 두 사람이 나란히 앉아 있었던 것처럼, 이렇게 앉은 채로 아득한 긴 세월이 흘렀던 것처럼 느껴진다.

오늘은 어쩐지 좀 느긋한 마음이 되어 쑤안이 실수하는 게 눈에 보여도 지적하거나 고쳐 주지 않고 그대로 둔다. 어차피 내일도 어제여서 다시 쑤안이 올 테니 오늘 못 알려 준 것은 내일 알려 주면 되지 않을까 싶은 마음이다. 쑤안이 물어보면 이러니저러니 간단하게 중요한 사항만 일러 주고, 일단 한 벌 한 벌 완성해 나가는 게 중요하다고 말한다. 쑤안은 그 말이 아주 오래된 격언이라도 되는 것처럼 눈빛을 반짝인다. 두 사람이 다시 나란히 앉아 재봉틀을 돌린다. 바늘이 위아래로 부지런히 내리 박혔다가 다시 올라갈 때마다 천이 주르륵 밀려 나간다. 마음속에서 뭉쳐 있던 묵직한 기운이 실이 박힌 자리를 따라 빠져나가는 듯 속이 시원하다.

다음 날에도 쑤안은 내가 도착하기 전에 공장 앞에 서서 나를 기다리고 있었다. 오늘 쑤안의 손에는 종이 백이 들려 있었는데 그 안에는 어제 다 완성하지 못한 블라우스가 담겨 있었다. 다시 어제였다. 그리고 어제 다 하지 못한 일을 해야 한다.

셔터 문을 열고 쑤안을 조심스럽게 들여보냈다. 쑤안은 전날과는 많이 달라 보였다. 그녀에게 무슨 일인가 일어난 게 분명했다.

씩씩하고 경쾌한 모습은 사라지고 그녀의 주변에는 조용하고 고요한 기운이 흐르는 듯했다. 나도 그 전날들과 달리 쑤안을 조심스럽게 대했다. 쑤안은 어제처럼 이것저것 묻지 않고 혼자서 조용히 집중했다. 우리는 잠시 쉬었다 하자던가, 차라도 좀 마시겠느냐고 묻는 등의 기본적인 이야기만 나누었다. 쑤안은 쉬는 시간에 동향의 친구에게 전화를 걸어 시끄럽게 떠들지도 않았고 작업실을 기웃거리면서 내게 이것저것 묻지도 않았다.

나는 이 모든 일들이 무슨 영문인지 알 수 없었다. 다만 그녀를 그저 재봉틀 앞에 두는 게 내가 할 일이라는 것만을 알 수 있었을 뿐이다. 그리고 그렇게 할 수 있는 것이 단 네 시간이라는 것을.

라디오를 틀어 놓고 새로 주문받은 치마 본을 꺼냈다. 예전에는 대부분의 옷들의 디자인이 비슷했다. 계절이 바뀌어도 옷 본이 크게 달라지지는 않았다. 조끼 본에 팔이 달리면 잠바, 잠바 본에 모자가 달리고 하단을 늘리면 코트가 되는 식이었다. 이제는 옷마다 다 사이즈와 형태가 다르다. 오늘 만들 옷은 허리가 다른 본들에 비해 풍성하고 소매 끝도 널찍하다.

부지런히 천을 밀어 내다가 가끔 쑤안을 돌아봤다. 재봉틀을 돌리느라 고개를 숙이고 등을 둥글게 구부리고 천을 밀어 내는 왼팔은 부지런히 움직인다. 어깨에 긴장이 몰려 있고, 눈을 크게 뜨고 노루발 쪽으로 떨어지는 고개를 연신 다시 위로 치켜 올린다.

1시가 되자 쑤안은 재봉틀에서 일어났다. 자기가 만든 블라우스 한 장을 내 손에 건넨다.

"사장님, 저는 늘 한 벌을 완성하기 전에 센터로 되돌려졌어요. 옷 한 벌을 만들 수 있는 시간을 저에게 허락해 줘서 정말 고마워요. 이게 제가 한국에 와서 처음으로 완성한 옷이에요."

쑤안은 두 손을 모으고 공손히 인사를 한 뒤 조용히 작업실

문을 닫고 나갔다. 나도 고개를 숙여 인사에 답했다. 그녀는 발걸음 소리도 내지 않고 조용히 사라졌고 그녀가 그렇게 나가는 것을 그저 바라보는 것이 내가 할 수 있는 전부였다. 그리고 내일은 그녀가 오지 않을 거라는 사실을 분명히 알 수 있었다. 이제 어제가 정말로 끝났다는 것을.

다음 날 아침 9시, 잠시 담배를 피우러 나온 골목에서 럭키식당 주인에게 쑤안의 소식을 들었다. 사흘 전 화재 사건으로 중태에 빠졌던 베트남 여자가 어제 숨을 거두었다고 했다. 중상을 입었는데 의지가 강해서 사흘을 버틴 것도 대단한 일이었다고 했다.

"나이가 이제 겨우 열아홉이라는데. 고향에 있는 부모에게 소식이나 전해졌을라나 몰라."

뭐라고 대꾸도 하지 못하고 얼이 빠진 채 그냥 그 이야기를 듣기만 했다. 담배 연기를 허공에 내뿜으며 고개를 돌려 '경애패턴' 간판을 마치 처음 보는 것처럼 바라보았다. 쑤안에게서 받은 블라우스를 어디에 뒀는지 도통 생각이 나지 않았다. 식당 주인은 옆에서 사흘 전의 화재와 죽은 베트남 여자에 대해서 뭐라고 계속 떠들어 댔지만 더 이상 아무 이야기도 귀에 들어오지 않았다.

여기는 경성의 북쪽에 자리 잡은 구릉 지대로, 위에서 내려다본 모양이 고양이 눈을 닮았다고 해서 묘안정이라고 불린다. 원래는 공동묘지였다고 하는데 안성에서 온 어떤 이가 묘지건 뭐건 상관할 바 없이 일단 몸 누일 곳 찾는 것이 우선이라는 심정으로 움막을 지어 살았다. 오갈 데 없는 몇몇이 더 모여들어 그 옆에 따라 움막을 짓기 시작한 것이 어느새 묘지 전체가 하나의 촌을 이루게 되었다. 근처에 고양이들이 많아 번식기의 울음소리만이 귀에 거슬릴 뿐, 그것도 몇 번 듣다 보니 이제는 익숙해져 버렸다.

집이라고 하기에 영 무색하다. 문 대신 거적을 둘러 출입구를 만들고 한구석에 땔감, 또 한구석에는 물동이가 세간의 전부다. 그래도 부실하나마 내 집이 있다는 건 행운이다. 주방도 화장실도 없지만 누울 곳이 있다는 게 어딘가. 작년까지만 해도 내게는 시장에 어엿한 가게 하나가 있었으니 오 년간 그 가게에서 과자를 팔아 움집이나마 장만할 수 있었던 셈이다. 그러나 이제 이 움집도 넘어갈 날이 얼마 남지 않았다. 아마 월 삯을 지불하는 여인숙으로 가게 될 것이다.

구릉의 자락은 강가 모래밭이어서 모래 먼지가 많다. 바람이 꽤 강하게 불어오는데 건조한 공기라 얼굴이 트고 모래에 섞인 현실의 장면들은 늘 선명하지 못하고 부옇다. 눈꺼풀에 모래 알갱이가 들어가 눈을 깜박일 때마다 늘 꺼끌꺼끌하다. 그것도 처음에만 거슬렸을 뿐 곧 익숙해지고 말았다. 눈물이 흐르면서 모래 알갱이가 흘러내려 시야가 맑아지고 눈앞의 풍경이 제법 선명하게 보이면 그때야 흐릿하게 보였구나,라고 알아챈다. 선명한 세상이 오히려 낯설기까지 하다. 그리고 다시 모래 알갱이가 들어와 흐릿한 세상이 원래 그런가 보다 살다가 눈물을 흘리며 잠시 맑고 선명한 세상을 보곤 하는 것이다.

오늘은 아침을 먹지 못하고 시장으로 나서는 길에 그림자 군(軍)을 만났다. 시장 입구에는 들어서지도 못하고 그들을 만났으니 서운한 일이다. 잽싸게 도망친다고 있는 힘껏 내달렸지만 요 며칠 먹은 게 없어서인지 다리가 땅을 박차질 못한다. 후들후들 종아리가 떨려 오고 몇 걸음 채 가지 못해 뒷덜미를 잡히고 말았다.

거칠고 단단한 손이 옷깃을 잡아채자 몸이 허공에 떠올랐다. 당겨진 옷에 목이 조여 왔다. 필사적으로 버둥거려 보았지만 발이 땅에 닿질 않았다. 둥그렇게 에워싸고 있는 덩치들에게는 그 모습이 우습게 보이는 모양인지 낄낄대는 소리가 귀를 울렸다.

둔중하고 무거운 몽둥이가 머리를 내리쳤다. 땅바닥으로 뚝 떨어졌다.

"무슨 깡으로 다시 나타난 거냐?"

그림자군이 던진 말들이 화살처럼 몸에 와 박힌다. 하지만 움찔할 기력도 없어서 그저 땅바닥에 몸을 맡기고 흙냄새만 맡을 뿐이었다.

"다시는 얼씬거리지 말라는 말을 뭘로 들었냐?"

누군가 축 처진 몸뚱이를 질질 끌어 다시 잡아 올렸다. 낚싯대에 걸린 생선처럼 허공으로 번쩍 솟구쳐 오른다. 눈앞에는 푸른 하늘이 펼쳐지고 흰 구름이 얇게 떠 있다.

"맞고 싶어 몸이 아주 근지러운가 보니 어디 한번 원 없이 맞아 봐라. 내 실컷 때려 주지."

구둣발이 날아와 배 속 깊숙이 박혔다. 발이 날아와 등 위에 박혔다. 내 어깨를 잡고 몸을 일으켜 세웠다. 거대한 손바닥이 뺨을 후려갈겼다.

몸을 웅크릴 힘도 없이 바닥으로 힘없이 나동그라졌다.

"다시 한번 내 눈에 뜨였다가는 그땐 정말 가만두지 않을 거다. 몸조심해!"

마차가 지나갈 때처럼 땅이 크게 울렸다. 흙먼지가 가볍게 떠올랐다가 가라앉았다. 부연 모래바람들과 함께, 나의 과거가 지나갔다.

작지만 어엿한 가게에서 과자를 늘어놓고 가라앉은 먼지를 털이개로 닦아 낸다. 아이들이 몰려와 맛만 보게 해 달라고, 그러면 어미가 오는 대로 사러 오겠다고 말한다. 하나 집어 주자 거짓말이라며 과자만 받아 도망친다. 할머니 하나가 허리춤에서 꺼낸 주머니에서 동전을 꺼내 내 손바닥 위에 올려 주고 깨 과자 두 봉지를 사 간다. 두어 개 더 넣어 주자 할머니의 얼굴에 미소가 떠오른다.

몸이 욱신거린다. 요즘은 현실에서 맞고, 또 잘 때도 맞는 꿈을 곧잘 꾸었으니까 이 고통이 꿈인지 현실인지 혼돈스럽다. 눈앞이 뿌옇고 선명하지 않은 것을 보면 꿈인 듯도 하고 이곳의 모래바람으로 현실이 꿈보다 뿌연 순간이 더 많으니까 현실인 것도 같다. 두 눈을 깜빡여 보다가 다시 고개가 바닥으로 툭 떨어지고 만다.

그림자군이 골목을 빠져나가자 한동안 적막이 흘렀다. 마치 시간이 멈춘 것처럼 고요했고 가끔 새소리만이 들려올 뿐이었다. 적막. 그리고 다시 새소리. 맑은 새소리 사이로 어떤 소리가 비집고 들어온다. 사람의 소리다. 잠자코 귀 기울인다.

그건 다른 사람이 아닌 바로 내 목소리다. 어디 숨어 있었나 싶게 우렁찬 목소리가 몸 안에서 사방으로 뻗어 나왔다.

'너희들이 아무리 그래 봤자 나는 이 시장 골목을 떠나지 않을 거다!'

'나를 죽이면 죽였지 여기서 쫓아낼 수 있는 사람은 아무도 없다!'

'나는 끝내 이곳에서 살아남겠다!'

내 말을 저기 아름답게 지저귀는 새가 들었다. 엉덩이를 적시는 차가운 비 웅덩이가 들었다. 저 골목 끝에서 환하게 빛나는 해가 들었다.

그리고 무엇보다 나 자신이 들었다. 잊지 말라고, 어떤 위협에도 굴하지 않고 이 목소리를 기억하라고 내가 나 자신에게 목소리를 들려주었다. 너희들이 아무리 그래 봤자 나를 꺾지 못한 거다. 하지만 그 말이 자장가로 들렸는지 몸에서 스르르 기운이 빠져나가며 까무룩 잠에 들고 말았다.

일어났을 때는 한밤이었다. 팔과 다리가 저려서 몸을 움직이는 게 쉽지 않았다. 여름이기에 망정이지 겨울이었다면 죽었을지도 모르겠다. 하지만 살았다. 다시 살았다. 그렇다면 꽤 운이 좋았다고 생각하면서 있는 힘을 다해 오른쪽 무릎을 세웠다.

'일어날 수 있겠어?'

나에게 묻고

'암암, 물론이지. 내가 어떻게 하는지 보라고.'

나에게 대답했다.

온 힘을 모아 몸을 일으켜 세웠다. 이상했다. 예상했던 것보다 가벼웠다. 그럼 평소에 내 무게 말고 뭘 더 짊어지고 있었기에 그리 무거웠는가, 나 말고 다른 누구의 삶이 나를 내리눌렀나. 어쩌면 허공에 붕 뜬 것처럼 가벼운 몸을 이끌고 비틀비틀 걸었다. 내 몸뚱이가 고작 이 정도의 무게였구나 실감하며 한 걸음 한 걸음 내딛는다. 의지와 용기는 탱천하는데 발목과 다리는 그 마음을 몰라주고 심하게 후들거린다.

이 비루한 몸뚱이에 싣기에 나는 너무 용감하구나. 굽힘 없이 강하구나.

내게는 생명력과 의지, 밟아도 꺾여도 다시 일어나는 투지가 있다. 너희들의 폭력에 굴할 내가 아니다. 너희는 내 몸에 폭력을 가했지만 정신에는 더 강인한 의지를 불어넣었다. 고작 그게 너희들이 떼로 몰려와 내게 저지른 짓이란 말이다.

폭력은 나를 더 강하게 만드는 것, 더 북돋는 것, 나를 더 타오르게 한다. 나를 절대 굴복시키지 못한다.

아무도 없는 시장 골목을 비칠비칠 걸어 빠져나왔다.

이제 골목의 절반 정도는 새 간판을 달고 있었다. 그즈음 시장 골목에는 점포가 하나둘씩 문을 닫고 주인은 먼 데로 떠나는 일이 잦았다. 어디선가 고양이 한 마리가 나타나 새로 문을 연 가게를 얼씬거렸다. 새 가게의 주인들은 대개 일본 사람들 하수의 조선인들이었다. 비슷비슷한 얼굴을 하고 있지만 절대 비슷한 사람이 아니다. 그네들은 일본 사람이다. 조선 사람의 얼굴을 하고 있을 뿐이라고 생각하면 오히려 마음이 편했다.

그뿐만 아니라 사람을 사서 작은 군대를 조직했다. 그들이 그림자군이었다. 근처에 얼씬거리는 시장 사람들이 있으면 몰매를 때려 다시는 오지 않겠다는 약속을 받아 내었다. 그들은 한복이 아니라 개량된 신식 옷을 입고 있었다. 위아래로 검은 옷에, 머리에도 검은 두건을 쓰고 검은 고무신을 신고 있었기 때문에 그림자처럼 어둡고 검다 해서 그림자군이라고 불렀다. 멀리서 낌새를 채고 운 좋게 도망칠 때도 있었지만 잡히는 날에는 초주검이 되도록 얻어맞기 일쑤였다.

가게를 빼앗긴 건 작년 일이다. 어떤 자가 시장 점포를 하나씩 사들이기 시작했다. 그가 고용한 자들이 그 가게를 인수받기 시작했다. 처음엔 그게 무슨 상황인지 시장 사람들은 알지 못했다. 그러니까 지금까지는 가게 주인이 진짜 가게 주인이었지만 이제 가게 주인은 보이지도 만나지도 못하는 곳에 따로 있고 다른 사람이 가게 주인을 하고 있었다. 그게 어떻게 된 일인지 설명해 줘도 모르는 사람들이 있었다. 가게에 나타나지도 않을 거면 왜 가게 주인을 하는 거냐, 가게 주인도 아닌데 왜 가게 주인 일을 하고 있느냐 물었다. 가게 주인이라서가 아니라 돈을 벌기 위해 가게 주인 일을 하는 거라는 걸 이해하지 못하고, 왜 진짜 가게 주인이 가게 일을 하지 않는지 의아해하는 것이다. 진짜 가게 주인 일이 그거라고, 가게를 사서 가게 주인 일을 할 사람들을 찾는 거라고 말하면 고개를 갸웃거렸다.

별다른 수 없이 나도 가게를 빼앗기고 말았다. 정든 시장을 떠나 새 가게를 차리는 대신 그저 시장을 얼씬거렸다. 시장 사람들은 물건을 살 양도 아니면서 자꾸 나타나는 나를 탐탁지 않아 했다. 대부분 새로 들어선 상점의 주인들이어서 내가 전에 여기서 장사하던 사람인 줄도 모르고 있었다. 좀도둑으로 여기고는 괜스레 매대 위의 물건들을 세어 보고 허리춤에 손을 넣어 액수가 맞는지 확인해 보곤 했다. 쳇. 배를 굶을지언정 매대 위의 물건에 손댈 생각은 해 본 일이 없다. 배를 굶는 것은 그저 상태일 뿐 내게는 고통이 아니다. 배를 굶거나 굶지 않거나 그뿐. 그 상태에 연연해하지 않는다.

하지만 그게 뭐 하는 일이냐 묻는다면 나도 딱히 대답할 말은 없다. 가게 주인 일을 하지도 않을 거면서 가게 주인이 된 상황보다 더 설명하기 어려울지도 모른다. 가게를 잃고도 떠나지 않는 이유 말이다.

내게는 해선 안 되는 일은 하지 않는다는 원칙 같은 게 있었다. 납득이 안 되면 볼기짝이 터지도록 맞아도 물러섬이 없다는 게 나 자신의 자산이었다. 나는 내 구역에서 그리 순순히 쫓겨날 수 없었다.

뭐 그렇다고 해서 대단한 난을 벌였느냐 하면 그것은 아니다. 다만 떠나지 않을 뿐. 그렇게 내 가게 주변을 맴도는 것이 돈을 벌어 주지는 않지만 내 유일한 직업이라고 해도 좋았다.

계속 시장엘 갔다. 그즈음의 나에게는 얼씬거리는 일이 스스로의 정체성이라도 찾아 주는 듯했다. 얼씬거리는 일을 하지 않으면 안 되겠다는 결심이, 그 결심만이 있었다. 매일 시장엘 갔다.

그림자군에게 정신이 혼미해질 정도로 얻어터지는 것보다 더 무서운 순간은 시장 골목을 얼씬거리는 동안 찾아왔다. 때때로 나 자신이 죽음에 아주 가까이 갔다고 느꼈다. 얼씬거리는 나 자신이 귀신이나 유령처럼 사람의 눈에 보이지 않는 게 아닐까 하는 생각이 들면 다리가 후들거리는 것이 아니라 아예 사라진 것처럼 느껴졌다. 너무 무서워서 내 발뒤꿈치를 만져 본 적도 있었다. 이승도 아니고 저승도 아닌 그 중간 다리에서 내가 어디 있는지 알지 못하는 내가 살아 있는지 모르는 산 사람 같기도 하고 죽었는지 모르는 죽은 사람 같기도 한 그 심정은 아주 외로운 것이었다. 비칠비칠 걸으며 내 몸뚱이가 무겁고 아프다고 느낄 수 있는 지금의 나보다 내가 있는지 없는지 확인할 수조차 없는 그 순간이 더 외로웠다. 죽은 이조차 이렇게 외롭지는 않을 거라는 생각이 들었다.

고리는 도축업자다. 근방의 여인숙에서 살고 있었고, 가족들과 먼 데 떨어져 혼자 지내고 있다. 그래도 구김살이 없이 늘 웃는 얼굴이다. 나는 그가 왜 웃고 있는지가 늘 궁금하다. 반대로 그는 내게 묻는다. 왜 늘 그리 인상을 쓰고 있어? 인상 쓸 일이 무어 있다고? 정말 궁금하다는 듯이 묻는다. 도축업자라면 어쩐지 잔인한 데가 있을 거라고 생각했지만 고리가 두 손에 붉은 돼지 피를 묻히고 웃는 모습을 떠올리면 인간이 정한 선악의 가치라는 것이 무색하다는 생각이 든다. 그가 무슨 생각으로 짐승들의 목을 따고 살을 가르고 장기를 떼어 내고 살점을 바를까. 목숨을 부지하기 위해서, 또 딸린 식구들의 배를 곯지 않게 하기 위해서 이상의 의미는 없다.

고리도 원래부터 도축 일을 했던 것은 아니고 내가 유과를 팔던 가게 바로 옆, 시장 끄트머리에서 나란히 순대를 팔았다. 가게라고 하기엔 무색한 좁은 평수의 자리였는데 솥 하나 놓고 작은 상에 앉은뱅이 의자 서너 개가 전부였다. 그때가 좋았지, 라고 말하는 고리의 얼굴은 마치 전생에 태평성대를 이룬 왕 같다.

내가 그를 통해 알게 된 사실은 만족이라는 것이 결과가 아니라 능력이라는 점이다. 어찌어찌해서 만족스러운 결과에 이르는 것이 아니라 그 상황에 만족하는 능력. 고리는 능력자였고 나에게 있는 분노가 없었다. 그것이 고리의 웃는 얼굴이 뜻하는 바였고 그 능력이 없는 내게는 늘 의아한 일이었다.

"가게를 되찾고 싶지 않아?"

물으면 고리는 또 과거로 돌아가 왕과 같은 얼굴로 대답했다.

"물론 그때가 좋았지."

그뿐이었다. 거기서 생각을 딱 멈추고 제 하던 일을 하는 것이었다. 나로서는 도통 이해할 수 없는 경지였다. 그래도 고리를 만나면 죽이 잘 맞고 통하는 데가 있어 즐거웠다. 고리는 요즘 온종일 배를 갈라 창자를 꺼내 손질해도 입에 풀칠하기가 힘들다면서 이게 다 아카마 기후의 욕심이 끝이 없기 때문이라 했다.

"아카마 기후?"

처음에는 그게 사람 이름인 줄도 몰랐다.

아카마 기후는 가게 주인을 하지도 않을 거면서 가게를 사들이고 있는 그자의 이름이었다.

고리는 그가 환자라고, 대단한 병을 앓고 있다고 했다. 살이 무르는 것도 탈이 나는 것도 아니라 가게를 사들이는 병이라니 어째 그런 병이 다 있는가 물으니, 욕심은 분명 병이지, 엄청난 병이야,라며 고개를 휘이휘이 저었다. 따져 보면 간단했다. 쓰지 않을 것을 갖고 있을 이유가 없다. 그런데도 필요가 없는 것을 모으고 있다. 아카마라는 자의 큰 욕심 때문에 고리는 도축업자가 되어 가족과 떨어져 여인숙 신세를 지고 있고 나는 매일 그림자군에게 얻어터져 가며 시장을 어슬렁거리는 한 마리 고양이 신세가 되고 말았다.

그날은 점심시간 무렵 도축장을 찾아갔다. 끌려가는 소와 돼지들이 연신 울어 대고 또 한쪽 구석에서는 머리를 망치로 얻어맞은 놈이 무릎을 꺾으며 기절한다. 가죽이 벗겨진 피부에서 피어오르는 후끈한 김에 정신이 몽롱해진 탓인지 아니면 이 광경을 너무 많이 본 탓인지 아무런 감정도 들지 않는다. 깡통 가득 담긴 피 비린내에 속이 울렁거려 뒷마당으로 뛰쳐나갔던 게 고작 몇 달 전인데 어느새 익숙한 광경이 되고 말았다.

고리는 도축장 한가운데서 갈고리로 내장을 끌어내는 작업을 하고 있다가 내가 손을 번쩍 들어 보이자 이쪽으로 걸어왔다. 나를 보자마자 대뜸 돈 좀 있느냐고 묻는데, 오늘 먹을 밥도 없는 이에게 무슨 돈이 있겠나. 갑자기 웬 돈타령이냐 물으니 고리는 좋은 소식이 있다며 핏물이 뚝뚝 떨어지는 장갑을 벗어 앞치마 주머니에 걸쳤다.

예전 순댓집 옆자리가 났는데 거길 빌리는 게 어떻겠냐고 했다. 유과를 팔던 상인이 나간다고 했다.

"그자는 왜 나가는데?"

"자릿세를 내지 못한 거지. 다른 이유랄 게 있나."

"왜 매달 내던 자릿세를 내지 못하게 되었는데?"

"자릿세가 오른 거지 뭐. 아카마 기후라는 자, 처음에는 자릿세를 낮춘 뒤에 석 달에 한 번, 또 여섯 달에 한 번, 일 년에 한 번 이렇게 크게 삯을 올려 받고 있어. 유과 장사로 석 달 버티기도 힘들었네."

좀 전보다 표정이 밝아졌다.

"자네 인단 장사를 해 보는 게 어떻겠어? 이건 아주 고급 정보야."

"인단 장사?"

인단이라면 그 작고 동그란 은색 입자를 말하는 모양이었다. 인단은 우리들 사이에서는 만병통치약으로 통했다. 소화가 안 될 때 한 알, 기분이 울적할 때 한 알, 몸이 부었을 때 또 한 알, 배변이 신통치 않을 때 또 한 알. 입안에 박하 향이 퍼지며 막힌 데가 뚫리는 것이 효과가 신통했다.

"중간상을 소개해 줄 수 있을 것 같네. 우리 집 단골인데, 며칠 만에 갑자기 얼굴에는 화색이 돌고 살이 붙어 온 거야."

오만한 말인가 모르겠지만 난 그렇게 될 수도 있었다. 인단 장수가 될 수도 있었다. 얼굴에 살을 붙일 수도 있었다. 대단한 장인 정신이 있어서 꼭 유과만을 팔아야 하는 건 아니었다.

하지만 그렇게 할 수 없었다. 아카마 기후라는 이름까지 들은 이상, 그 이름을 알게 된 이상 내 삶을 한순간에 앗아가 버린 그자를 향해 난 뭐라도 해야 했다. 그 얼굴을 보고야 말겠다. 의지가 불타올랐다.

시원스레 대답이 없자 고리가 내 표정을 살핀다.

"그런데 자네 눈이 아픈가?"

"눈?"

토막민들이야 언제나 질병을 달고 산다. 기침, 가래, 소화 불량에 피부에는 늘 크고 작은 딱지가 앉는 등 피부병에 걸린 자들도 부지기수다. 코를 쿵쿵거리는 축농증 환자들, 이가 썩어 턱이 부어 있는 이들, 정신에 문제가 있어 보이는 이들도 많다. 안질환에 걸린 사람들도 심심찮게 볼 수 있다. 봄이면 더욱 그랬다. 산에 끼어 있는 구름처럼 두 눈에 안질이 머물렀다. 그나마 나는 타고나기를 눈이 건강해 안질환으로부터는 자유로웠는데 고리가 무슨 말을 하는가 싶다.

"아니, 아니, 눈이 아니라 코야. 늘 코가 막혀 있다고. 숨쉬기가 불편하지만 그래서 냄새 못 맡는데 때로는 그게 축복인 듯도 싶고."

집 근처에 분뇨장이 있어서 늘 불쾌한 냄새를 맡아야 했기 때문에 하는 소리다. 막힌 코를 쿵쿵거리며 답하자 고리는 고개를 저었다.

"내 눈이 이상한가? 자네 눈의 검은자위가 검게 보이지 않아."

고리야말로 안질환에 걸린 것은 아닐까?

"검지 않다면 어떻게 보이는데? 붉게 보이는가, 아니면 푸르게?"

나는 농담으로 넘기고 막걸리를 한 사발 목구멍으로 부었다. 배도 부르고 기분도 좋아지니 이만한 음식은 없었다. 고리는 여전히 진지하게 내 눈을 들여다본다. 막걸리를 급히 먹었는지 딸꾹질이 났다.

"예전의 검은색이 아니라 호박색이고, 뭐랄까 좋게 말하면 빛나는 듯 보이고, 나쁘게 말하면 다른 세계 사람 같네. 얼핏 보면 서양인의 눈 같다고 할까? 그런데 자세히 보면 서양 사람 눈과는 또 다르고."

고리가 내 얼굴에 자기 얼굴을 가까이 대고 이리저리 뜯어보며 중얼거렸다.

"정말로 이상하다고. 아무래도 사람의 눈처럼 보이지 않아."

좀처럼 어떤 일에 집착하는 일이 없던 고리가 주막 주인에게 거울까지 빌려 왔다. 길고 둥그런 모양의 거울이었다. 내 얼굴을 보는 게 얼마 만인지 모르겠다. 요즘은 세수를 하기도 어려워서 물에 비친 내 모습조차 가물가물하다. 보물 상자를 열듯 거울을 받아 들고 얼굴을 비추었다. 하지만 타원 안에 들어 있는 사람의 눈은 고리의 말대로 아무래도 사람의 눈처럼 보이지 않았다.

조선인과 같은 검은색이나 진한 갈색이 아니라 엷은 노랑과 연두가 섞인 흐린 색이었다. 서양 사람의 눈과도 달랐다. 홍채가 동그랗지 않고 길쭉하고 끝이 뾰족한 타원형이었다. 거울 면으로 빛이 쏟아지자 홍채는 더 가늘어졌다.

그것은 마치 고양이의 눈처럼 보였다.

고리는 내가 너무 많이 맞아서 그렇게 된 것이 아닌지 슬퍼했다. 아프지도 않고 보는 데도 아무 이상이 없으니 의원을 찾아갈 이유는 없었다. 게다가 내 눈이 이리 된 것을 발견한 것은 고리뿐이었다.

"아프지 않은가?"

"전혀."

"아프지 않다고?"

나는 고개를 끄덕였고 고리는 한숨을 쉬었다.

"그렇담 다행이고."

고리와 나는 헤어졌다. 도축장에서 버리는 고기를 좀 얻어 온 터라 아주 기분이 좋았다. 토막촌으로 돌아가는 길이었다. 내를 따라 걷는데 인단 장사를 해 보는 게 어떠냐는 고리의 제안에 다시 마음이 기울었다. 지금처럼 굶지 않아도 되고 움막을 처분하지 않을 수도 있었다. 아카마 기후의 얼굴을 본댔자 잃어버린 가게를 되찾을 수 있는 것도 아닌데 더 이상 시간을 허비하는 것보다 그편이 나을지도 모른다. 그러나 나에게는 어쩐 일인지 다시 상인이 되고자 하는, 생활인이 되고자 하는 의

욕이 솟질 않았다. 이런 마음을 딱히 뭐라고 설명해야 할지 모르겠다. 오로지 아카마 기후를 만나고자 하는 의지밖에 없었다. 아픈 것도 상관없고 앞일 걱정도 들지 않았다. 밥을 먹고 걸어 다니는 이 몸뚱이가 움막집의 거적처럼 느껴질 때조차 있었다. 고리의 말마따나 그를 만나서 해결될 일이 아무것도 없다는 것을 알면서도,

'인단 장수가 될 테냐?'

꽁꽁 언 발을 내디디며 내게 물으면,

'그럴 수는 없다, 아카마의 얼굴을 보지 않고는 물러서지 않겠다.'

하는 대답이 돌아왔다.

그 대답은 쓸쓸하고 조용했지만 도저히 꺾을 수 없는 의지가 깃들어 있어 거역할 수가 없었다.

걷다가 가만히 귀를 기울이면 얼음 아래로 물이 흐르는 소리가 들려왔다. 반대쪽에는 마치 둥글게 무덤처럼 솟아오른 토막촌이 보였다. 밤에 보면 영락없이 공동묘지 같아 섬칫한 기분이 들기도 했다. 원래도 공동묘지였고, 간혹 그 안에서 죽어 발견되는 이들이 있으니 여전히 공동묘지인지도 모른다.

그래도 오늘은 주막에서 남은 반찬이라며 청국장을 들고 오는 길이어서 내걷는 길이 공동묘지로 향하는 길이든 사천으로 향하는 길이든 상관없이 마음이 든든했다. 적어도 오늘 굶

어 죽을 일은 없겠다는 생각만으로도 힘이 났던 것이다.

비실비실 웃음이 터져 나오려는데 저 멀리서 그림자군이 몰려오는 것이 보였다. 저벅거리는 발소리, 검은 옷, 손에 든 몽둥이. 나는 그 자리에 서서 얼어붙었다. 오늘은 보기 드물게 기분 좋은 날인가 했더니 그냥 넘어가는 일은 없는 모양이었다. 도망치고 싶었지만 묵직하게 가라앉은 다리가 움직이지 않았다.

그림자군이 내 앞에 섰다. 그들 중 하나가 멱살을 잡고 나를 들어 올렸다. 손에서 미끄러진 청국장과 고기가 바닥에 떨어지는 소리가 들렸다. 맞는 건 맞아 줄 수 있지만 모처럼 얻은 식량이 떨어지자 눈에서 불이 나는 것 같았다. 나는 고개를 들고 그자의 얼굴을 바라보았다.

멱살을 쥔 그림자군의 손에 힘이 풀리며 그대로 바닥에 떨어졌다. 그자는 주춤거리며 뒤로 물러섰다. 다른 자가 내게 다가와 발을 들어 올렸다. 나는 또 그자의 얼굴을 보았다. 그러자 그가 뒤로 벌렁 자빠져 나동그라지고 말았다.

그다음 사람은 나무 몽둥이를 힘껏 들어 올렸다가 나와 눈이 마주치자 몽둥이를 놓치고 도망쳤다. 그 뒤에 나를 향해 달려들려던 이도 마찬가지였다. 그림자군 무리가 주춤주춤 뒤로 물러서다가 일제히 달아나 내 눈앞에서 사라져 버렸다.

주변을 둘러보았으나 끊임없이 흐르는 물소리와 가끔 들려오는 고양이 울음소리뿐 주위에는 아무것도 없었다.

그들이 본 게 대체 뭘까?

경성 제국 대학교에서 위생 조사부들이 찾아왔다. 우리 토막민들을 줄지어 세워 놓고 저희들끼리의 선언인지 우리들에게 하는 설명인지 모를 연설을 했다. 연설의 핵심은 자신들이 조선을 사랑한다는 것이었다. 그 사랑이 그들의 의무이자 특권이라고 했다. 그 사랑으로 여기 묘안정에 찾아왔으며 식민지 국민의 얼굴을 밝게, 대륙 발전 기지로서 조선의 건전한 발달에 도달하고자 한다고 했다. 굶어 죽어 가는 사람들을 세워 놓고 피를 뽑아 가는 사랑이라니 기가 찰 노릇이었다. 조사부는 작은 간이 천막을 설치한 뒤 세 사람씩 안으로 들여 신체 치수를 재고 눈을 보고 이를 보고 피를 뽑았다. 우리 토막민들이야 병에 걸렸다고 해도 치료를 받을 수 없는 형편에 먹는 것도 허술하니 또 병에 걸리지 않을 수 없다. 검사가 아니라 치료를 해 달라는 것이 그 자리에 모인 토막민들의 공통된 생각이었다.

징집당하는 게 아닌가 두려움에 섞인 말들이 천막 밖에서 들려왔다. 윗도리를 벗었는데 갈빗대와 배꼽 사이에 뿌연 갈색 흔적이 여섯 개 나 있었다. 모르는 새에 난 상처인 줄 알았는데 만져 봐도 전혀 통증이 없었다. 공교롭게도 흔적은 유두와 같은 간격으로 줄선 듯 바로 아래쪽으로 나 있었다. 조사부원 앞에 서자 그가 기묘한 표정으로 내 가슴팍을 들여다본다.

“피부병을 앓고 있나?”

“피부병이야 늘 앓고 있습니다. 여기서 피부병 없는 사람을 찾는 게 더 어려울 텐데요.”

이런 경우는 처음이라며 조사부원이 난감한 표정을 지었다. 제 얼굴을 내 가슴 가까이 들이밀고 희귀 동물이라도 보듯 큰 눈을 깜빡이고 있다.

“자네 보기에는 이 사람 어떤가?”

조사부원은 옆 사람을 검사하고 있는 동료를 불렀다.

“내가 보기에는 별문제 없는데. 부스럼이 난 거 아닌가? 부스럼이 져서 딱지가 앉은 거야. 그래서 마치 유두가 여섯 개인 것처럼 보이네. 꼭 동물처럼 말이야. 특수 병이라 할 건 없어 보이는데.”

“그런가?”

조사부원이 뒷머리를 긁적였다.

“이런 경우는 처음이라…….”

조사부원은 골똘히 생각에 잠겼다.

갈라진 천막 틈 사이로 빛이 새어 들어왔다. 빛이 방향을 바꿀 때마다 그림자들의 모양이 달라졌다. 내 가슴팍을 내려다보았다. 내 눈에도 꼭 짐승의 유두처럼 보였다. 내 배 위에 난 여섯 개의 갈색 흔적 말이다. 부스럼도 딱지도 아니었다. 그것은 내 피부와 동일한 질감이었고 색깔이 조금 더 짙어지고 위로 돋아 오른 돌기였다. 그것은 엄연한 유두였다. 다만 사람의 것이 두 개라면 내 것은 여섯 개였다.

하지만 잠자코 입을 다물었다. 조사부원은 내게 상의를 도로 입어도 좋다고 지시했다. 그리고 이번에는 혀를 길게 내밀라고 했고, 냄새가 지독하다는 듯 코를 잠깐 찡그렸을 뿐 거기에서는 별다른 점을 발견하지 못했다. 그는 안심하는 눈치였다.

어째서 유두가 여섯 개가 되었는가. 이것은 토막촌에 새로 돌기 시작한 전염병인 모양이다. 동물이 인간의 탈을 쓰고 활개 친다는 이야기는 들어 보았어도 사람이 동물이 된다는 이야기는 들어 본 일이 없다. 하지만 조사부원들의 반응을 본다면 아직 활개를 치기 시작한 병은 아닌 모양이다. 내가 첫 희생자가 되는 것인가, 다들 모르는 병이니 약도 써 보지 못하고 이대로 죽는가, 이런저런 상념에 사로잡혀 며칠을 드러누워 앓았다.

두려움과 무력감에 잠에 빠져 있다가 일어난 게 며칠이 지나서였는지 알 수 없다. 자꾸 엉덩이 근처가 근질근질해 치질이라도 걸린 건가 싶어 바지를 벗어 보니 이게 무슨 일인가, 이번엔 엉덩이 사이에서 꼬리뼈가 돋아 오르고 있다. 일전에 묘안정을 급하게 내려가다 넘어지는 바람에 엉덩방아를 심하게 찧었는데 그때 다친 부위가 부어오른 것은 아닌가도 싶었지만 벌써 보름 전의 일이었다.

곧 나아지겠지 싶어 며칠 신경 쓰지 않고 지내 보았지만 이게 대체 무슨 일인가. 손을 넣어 만져 볼 때마다 뼈는 점점 더 길어지고 있다. 이제는 아예 바지를 뚫을 기세로 불쑥 튀어나왔다. 아직 동물의 것처럼 길진 않지만 부어오른 살이 아니었다.

분명 꼬리였다.

"그자의 얼굴을 봐서 무엇 하려고?"

라는 게 고리의 질문이었다. 글쎄, 그건 나도 대답하기 어렵다. 그 사람의 얼굴에 뭐가 써 있겠나. 그저 너나 나와 같이 둥그런 얼굴에 눈, 코, 입이 달려 있을 테지. 얼굴을 본댔자 뭘 알 수 있으려고. 그래도 내가 왜 이런 상황에 처하게 되었는지 대답을 찾을 수 있지 않을까 하는 심정이었다.

"꼭 얼굴을 본다기보다는."

"아까는 그렇게 말했잖아. 얼굴이 보고 싶다고."

고리는 내가 왜 아카마 기후를 만나고 싶어 하는지 영문을 모르겠다는 눈치다. 고리가 내 마음이 궁금하듯이 나도 매사에 태평한 고리가 무척이나 궁금하다. 어떻게 닥친 일들을 의문도 없이 그저 받아들일 수 있는 걸까?

뭐라도 하지 않고 순순히 물러설 수 없었다. 마음속에서 꾸물거리는 것이 치고 올라왔다. 눈가에 뜨거운 것이 고였다.

"도울게."

고리가 내 손을 잡았다. 예상치 못한 반응이었다.

"너를 이해하지는 못하겠어. 대체 네가 왜 그러는지 모르겠다. 하지만 우정으로서 그렇게 할게. 왜 해야 하는지 모르겠지만. 그리할게."

고리가 말했다. 그것이 고리였다. 고리라는 사람이었다.

"그렇다면 아카마 기후가 사는 곳을 알아봐 줘."

고리는 그릇에 막걸리를 콸콸 쏟아붓고 단숨에 들이켠다.

"그저 얼굴을 보겠다는 거지?"

"그렇다니까."

직업이 없는 나보다는 시장에 붙박이 일을 하며 많은 사람들을 만나는 고리 쪽이 알아내기 쉬울 것이다. 옆 상점의 주인들과도 담소 정도는 나누는 사이였으니까. 더군다나 고기를 사러 오는 사람들은 대개 부유한 일본인들의 세간을 도와 일하는 조선인이었다. 그들을 통해 아카마 기후의 사는 곳과 행선지 정도는 알 수 있을 것이다.

닷새쯤 뒤에 고리가 나를 불렀다. 이 주일에 한 번, 후이전러우에 아카마 기후가 들른다고 일러 줬다. 19일 오후 2시.

후이전러우는 중앙역 앞에 있는 청요릿집이다. 지나다니면서 붉은 간판에 후이전러우라고 쓰인 황금색 글씨를 여러 번 보았지만 내가 거길 들어가게 되리라 생각해 본 적은 없었다. 그 안이 어찌 꾸며져 있는지 상상해 본 일도 없었다. 태어나서 내가 본 것은 시장이 전부였다. 시장 바로 옆으로 뻗은 시가에

조차 들어갈 생각을 해 본 일이 없는 나인데, 그 화려한 식당에 갈 생각을 하니 가슴이 두방망이질을 쳤다.

출입구에는 작은 분수가 있었다. 사람의 형상을 한 동상의 머리에서 물이 떨어져 내렸고 그 물이 빛을 받아 여러 가지 색깔로 빛났다. 라디오에서는 음악이 흘러나오고 있었다. 탁자마다 화려한 자수가 놓인 번쩍이는 비단이 깔려 있고 옥빛 접시에 담긴 푸짐한 음식마다 따뜻한 김이 피어올랐다. 갖가지 향신료가 식욕을 자극해 나도 모르게 침이 꼴깍 넘어갔다. 내가 그동안 알아 온 세상이 세계의 일부, 그것도 아주 약간이라는 생각에 얼떨떨해져 있었다. 천국이 있었던 것이다.

나는 가장 가격이 낮은 짜장면을 시켰다. 노란 고무줄을 연상케 하는 시장의 짜장면과 전혀 달랐다. 윤기가 나는 부드럽고 통통한 면발을 비비는 동안 내가 왜 거기 있는지 잠시 잊었다. 너무 맛있어서 아카마 기후에 대한 분노조차 잠시 사라진 모양이었다. 어쩌면 맛 때문이 아니라 포만감 때문일지도 모른다. 그게 진짜 짜장면이든 아니든 일단 배부르다는 감각을 실로 오랜만에 느꼈다.

배가 부르자 스르르 졸음이 쏟아졌다. 아주 기분이 좋아졌다. 만약에 고리가 일러 준 대로 2시경에 아카마 기후가 나타나지 않더라도 괜찮을 것 같았다. 배가 부르다는 것이 무엇인지 이제 알았다. '이제 괜찮다'는 말이었다. '더 원하는 게 없다'는 뜻이기도 했다. 과거를 모조리 잊고 그다음으로 넘어갈 수 있게 되었다는 뜻이었다.

그러나 그 감각은 서서히 사라졌고 아카마 기후가 나타날 시간이 다가오자 조금씩 초조해지기 시작했다. 단무지를 씹으며 마음을 달랬다.

기후가 등장한 것은 2시가 조금 넘은 15분경이었다. 그가 들어섰을 때, 마치 나는 그전부터 알고 있었던 것처럼 그를 알아보았다. 키가 큰 젊은 사내와 함께 나타난 그는 어린아이로 착각할 정도로 키가 작고, 배가 나오고, 쥐처럼 반짝이는 눈에 둥그런 안경을 쓴 노인이었다. 앞으로 살날이 그리 많아 보이지는 않았다. 흰 피부에는 검버섯이 군데군데 내려앉았고 지팡이를 짚고 겨우 거동하고 있었다. 후이전러우의 단골인 모양으로 늘 앉던 좌석인지 미리 예약해 둔 것인지 몰라도 자리를 찾아가는 동선이 꽤나 자연스러웠다.

노인이 주문한 음식이 상 위에 펼쳐졌다. 노인의 앞자리에 펼쳐진 갖가지 음식들은 그들이 다 먹을 수 없는 양이었다. 나는 갑자기 시장 사람들이 굶고 있는 이유를 깨달았다. 세상의 많은 음식들이 여기 아카마 기후의 식탁에 몰려 있었다.

기후의 정면에 마주 앉은 사람은 조선인으로, 키가 훤칠하고 꽤 잘생긴 용모를 하고 있었다. 한복이 아니라 신식의 양복

차림이었고 기후와는 일본어로 대화했다. 시장을 관리하고 아카마 기후에게 상인들을 연결해 주는 소개업자인 모양이었다.

"다음 달이면 이 가게도 사들일 수 있습니다."

소개업자가 말하자 아카마 기후가 고개를 끄덕였다. 듣고 있는 것인지 아니면 머리에 힘이 없어서 떨리는 것인지 잘 분간할 수 없었다. 그는 젓가락으로 고기튀김을 하나 집어 우물거리며 씹었다. 소개업자는 음식에 손을 대지는 않았고 가져온 문서 같은 것들을 그에게 보여 주며 설명을 했고, 원래 말수가 없는 편인지 아니면 그 이상의 대화가 불필요하다고 생각해서인지 아카마 기후는 '요이' 아니면 '이에' 이 두 단어로만 의사를 표현했다.

좋다,

아니다.

허망했다. 그게 내가 시장에서 쫓겨난 과정의 전부였던 것이다. 아카마 기후의 한마디. '요이'. 이 가게도 사들일 수 있다는 소개업자의 말에 성의 없는 중얼거림에 가까운 한마디 답변. '요이'.

그 한마디가 내가 여기까지 흘러 들어오게 된 원인이었다. 내 전부를 바친 가게에서 쫓겨나기까지는 그다지 오래 생각할 필요도 없었다. 주사위를 던지듯, 가위바위보를 하듯 결정된 일이었다. 고작 이삼 초 정도의 망설임 끝에, 요이.

울분을 가라앉히고자 바람을 좀 쏘일 겸 뒷마당에 나와 서 있는데 소개업자가 뒤따라 나왔다. 담배를 꺼내 피우려다 나를 흘끗 쳐다보더니 한 대 권한다. 침을 퉤 뱉어 주고 싶었으나 나도 모르게 손이 먼저 담배를 받았다.

"오늘 오신다는 얘기는 미리 전해 들었습니다."

나는 그가 무슨 소리를 하는지 몰라 어리둥절했다.

오랜만에 피운 담배 연기로 머리가 팽 돌았다.

"이렇게 얼굴을 뵙고 나란히 서 있으니 마음이 든든합니다."

일본인 부하로 있는 작자가 동지라고 말하니 기분이 나빴다.

"별로 내키지 않는 말이네요. 나는 전에 당신을 본 일도 없고, 이깟 담배를 나눠 줬다고 그런 말을 한다면 도로 무르겠습니다."

그가 웃으며 손을 저었다. 그 너그러운 표정조차 기분이 나빴다.

"죄송합니다. 오늘 아카마를 처분하신다는 말을 듣고 기쁜 마음에 제 표현이 넘쳤나 봅니다."

"기쁠 게 뭐 있습니까. 내 보기에 당신은 아카마의 동지로 보이는데."

부하라는 표현이 기분 상할까 싶어 단어를 바꿨다.

"저에게는 동지가 없습니다."

소개업자가 계속 말을 이었다.

"나도 전엔 친구가 많았습니다. 적이라는 것은 불명확하고 그때그때 바뀌었으나 친구만은 확실했지요."

그는 잠시 과거의 어떤 시기를 떠올리는 듯했다. 천천히 눈을 감았다가 다시 떴다.

"주변 사람들 모두를 나는 친구로 여기고 지내 왔지만요. 하지만 나에겐 친구가 없습니다. 왜인 줄 아시오? 내겐 적이 없었기 때문입니다."

그것은 궤변처럼 들렸다. 친구가 많다면 적이 줄어들고, 또 적이 많아지면 친구가 적어지는 것이 이치에 맞는 말이 아닌가, 하고 나는 그에게 물었다.

"그게 그렇지가 않습니다. 오히려 그 반대이지요. 적이 없는 사람에게는 친구가 없습니다. 친구가 먼저고 그에 반하는 이들이 적이 아니라, 적이 먼저이고 그 적과 함께 싸우는 이들이 친구지요. 그러니 적이 없는 이에게는 친구도 없습니다."

"내가 보기에는 아주 안정된 생활을 하고 있는 것 같은데, 외로우니 어쩌니 하며 마치 사치처럼 그런 말들을 즐기고 있는 것이 아닙니까? 단것을 잔뜩 먹은 뒤에 쌉쌀한 은단 한 알을 즐기겠다는 겁니까?"

"왜 분노의 화살을 제게 돌리는 겁니까? 아카마 기후를 만나러 온 것이 아니오? 무엇을 하고자 이곳에 왔습니까?"

그는 이번에도 여유롭게 웃고 있었다. 나는 흥분해서 그의 눈을 노려보았다.

순간 소개업자의 눈이 빛났다. 동그란 홍채가 점차 타원형으로 얇고 길쭉해졌다. 나는 뒤로 주춤거리며 물러서다 쿵하고 자빠졌다.

순식간에 일어난 일이었다. 엉덩이를 털고 일어났을 때 그는 다시 홀 안으로 돌아간 뒤였다.

유리문을 통해 홀 안을 바라보자 소개업자는 여전히 평화로운 얼굴로 아카마 기후에게 뭔가 설명했다. 하지만 그도 나처럼 배에 여섯 개의 유두를 달고 있다는 걸 알았다. 바지통 한쪽으로 긴 꼬리를 숨기고 있었던 것이다. 설명을 듣던 아카마 기후의 얼굴이 잠시 어두워졌다. 소개업자가 주머니에서 담배와 성냥을 꺼내 기후의 손에 쥐여 주었다. 기후가 일어나 천천히 걸어 마당을 향해 걷기 시작했다. 지팡이는 의자 옆에 그대로 놓아 둔 채였다.

심장이 뛰기 시작했다.

무엇을 하고자 이곳에 왔습니까?
무엇을 하고자 이곳에 왔습니까?

아카마 기후가 내 옆에 와서 섰다. 그가 나를 흘끗 바라보더니 만족스러운 듯 입가에 둥근 미소를 지었다. 입술 옆으로 볼우

물이 살짝 패었다. 기후가 내게 더 가까이 다가왔다. 그리고 거칠고 넓적한 손을 올려 내 등을 찬찬히 쓰다듬기 시작했다.

"전에 못 보던 녀석인데. 어디에서 왔지?"

기후가 주위를 두리번거렸다. 눈가에 미소가 어렸다. 어깨가 내려앉고 배에 힘이 풀렸다.

나는 그의 다리에 몸을 비볐다. 부드러운 털이 닿자 아카마 기후의 콧구멍이 벌름거렸다.

"아카마 기후 이 욕심 많은 놈, 빼앗아 간 가게들을 도로 돌려놓지 못하겠느냐?"

목소리는 나오지 않았다. 아이 울음소리를 닮은 고양이 울음소리만이 후이전러우 마당에 울려 퍼졌다.

"시장의 가게들을 죄다 사들여 대체 뭘 어쩌겠다는 거냐?"

마찬가지였다. 내 입에서는 뜻이 전달되지 않는, 울음 섞인 탄성 같은 짐승 소리만 날 뿐이었다.

아카마 기후가 내게 더 가까이 몸을 기울이고 털을 쓰다듬기 시작했다.

"키모찌 요이, 키모찌 요이."

아카마 기후가 엉덩이를 바닥에 깔고 앉았다. 그의 손이 내 등에서부터 꼬리를 훑어 내렸다. 나는 지금이 기회라는 것을 알았다.

나는 힘껏 뛰어올라 아카마 기후의 얼굴을 향해 달려들었다.

부케를 발견했다

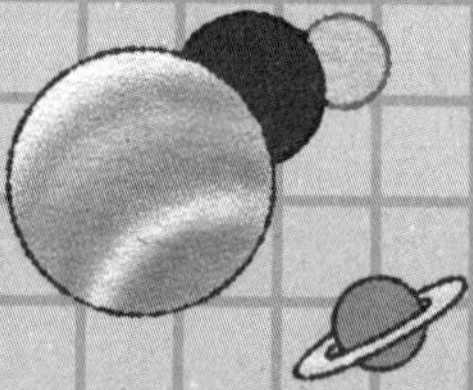

내가 묵고 있는 주택은 동료인 김일신 씨의 소유로, 지은 지 사십 년쯤 지난 것으로 보이는 3층짜리 벽돌 건물이다. 개축할 시기가 지난 듯 벽에는 길게 금이 간 곳도 있었고 모서리 벽이 무너져 내린 흔적도 발견되었다. 초인종은 작동이 되지 않았고 전기 시설도 전혀 관리가 되어 있지 않아서 도착한 첫날부터 2층 침실의 형광등을 갈아 끼우고 세면대의 배수구를 손보아야 했다. 하지만 그 정도의 수고를 지불하고 이 주일간 별장을 공짜로 사용할 수 있다면 손해라고 할 수 없었다.

흉가로 알려진 이곳 김일신의 별장에서 보내는 휴가는 충분히 만족스러웠다. 심지어 계속 살라고 해도 그럴 수 있을 것 같았다. 실재하지 않는 무엇 때문에 눈에 보이는 이익을 거부할 이유가 대체 뭐란 말인가. 알 수 없는 기운에 의해서 살인이 반복되는 흉가라는 사실에 나는 전혀,라고 할 만큼 두려움을 느끼지 않았다. 몇 군데만 수리하면 이용하는 데 전혀 문제가 없는 집이 버려진 것이 안타까울 따름이었다.

이틀째 되는 날에는 창틀이 썩어 있는 것을 발견했는데 아마 비가 들이칠 때 창이 열려 있던 탓인 것 같았고, 나무로 된 방문이 아귀가 안 맞아 닫히지 않는 것은 집을 사용하는 사람이 나 혼자니 크게 상관할 일이 아니었다. 그 정도면 꽤 양호하다고까지 할 수 있었다.

일신 씨의 조부인 김경규 씨의 방에도 들어가 보았는데 손을 보았기 때문인지 오히려 그 방이 가장 말쑥했다. 김일신이 다시는 발도 들이지 않는다던 그 방에서 내가 발견한 것이라고는 세상의 모든 평범한 집에서 발견될 만한 것들뿐이었다. 잇자국이 남아 있는 스트로와 딱딱하게 굳어 버린 휴지 조각, 완전히 말라비틀어져 언뜻 드라이플라워처럼 보이는 벌레의 사체 같은 것들이었다. 음습한 기운 같은 건 전혀 없었기 때문에 가장 볕이 잘 들고 널찍한 그 방에 짐을 풀고 침실로 이용한 건 지극히 자연스러운 일이었다.

잠에 들기 전에 침대 옆에 놓인 나무 책상에 앉아 독일에 있는 베르트 휠더 교수에게 메일을 보냈다. 베르트는 뷔르츠부르크 대학에서 사회성 진화를 가르치고 있었는데 그와 초유기체(The Superorganism)라는 주제를 놓고 토론했다. 다윈이 『종의 기원』에서 자기 이론에 치명적이라고 할 수 있는 '특별한 어려움'이라고 표현했던 불임 계급에 대한 내용이었다.

나는 이타주의자가 더 많이 살고 있는 무리가 다른 무리에 비해서 번식 면에서 유리해야만 이타적 유전자가 전파될 수 있다고 주장한 반면 베르트는 그렇지 않다고 했다. 자기가 해밀턴 법칙(이타적 형질이 개체군에서 퍼져 나갈 수 있는 경우를 간명한 수식으로 표현함)을 뛰어넘는 어떤 순간을 발견했으며 이제 남은 일은 그 연구 논문에 이름을 붙이는 정도가 될지도 모르겠다고 했다. 하지만 그는 메일에서조차 나를 설득하지 못했으므로 그 논문에 이름을 붙이는 데는 꽤 시간이 걸릴 듯했다.

베르트에게 메일을 쓰는 동안 천장에서 벌레의 사체가 떨어져 키보드의 자판 사이로 들어가면 좀 짜증이 났을 뿐 별장에서의 생활은 대부분 만족스러웠다. 가스레인지가 켜지지 않았을 때만은 좀 당황했다. 이십 년도 더 지난 모델이었다. 취사가 되었더라도 직접 식사를 만들진 않았을 테니까 크게 불만은 없었다. 다만 뜨거운 차를 마시지 못한다는 것 정도는 아쉬웠다. 난 매일 아침 설탕을 탄 홍차를 두 잔 마시고 나서 하루를 시작했으니까. 며칠간 생활에 약간의 변화를 주는 것도 나쁘지 않을 것이다.

별장에 대해 조금 더 자세히 설명하자면, 이 집에서 불미스런 세 가지 사건이 일어났었다. 일신 씨의 식구들은 그 이유로 더 이상 이 집에 살지 않는다.

첫 번째 사건은 이 집을 직접 설계한 김일신의 조부에 의해 일어났다. 김일신의 조부인 김경규는 꽤 유명한 건축 설계사였다. 굉장한 노력파인 데다 다른 데 한눈팔지 않는 성실한 성격으로 계획한 대로 삶을 이끌어 온 그는 말년에는 자기가 직접 설계한 집에서 노년을 보내는 것이 꿈이었다. 늘 그래 왔듯이 그는 결국 그 꿈을 이루었다. 파스텔톤 만화 영화의 마지막 장면처럼 자신의 설계 도면대로 신축되는 건물을 바라보며 흡족한 미소를 지을 수 있었다.

그런데 어찌 된 일인지 집이 완공되고 이사를 마친 이후에 김경규의 성격은 급속도로 바뀌었다. 여유를 잃지 않으며 농담을 즐기던 낙천성이 사라지고 신경질적이고 예민하게 바뀌었으며 감정을 억누르지 못하는 일도 종종 생겼다. 부부 관계에도 금이 가기 시작했다. 조모는 남편을 멀리하기 시작하더니 각방을 사용하는 것도 모자라 나중에는 남편과 같은 층에 있으려고도 하지 않았다. 식구들이 보기에 조모는 남편을 무서워하는 것 같았는데, 결국 아무 말 없이 어느 날 집을 나가 다시 돌아오지 않았다.

조모가 집을 나간 뒤 김경규는 거실의 거대한 거울 앞에서 자기 모습을 물끄러미 들여다보는 일이 잦았다. 그는 집에 있을 때도 머리에서부터 발끝까지 정장을 차려입고 반지를 끼고 시계를 차고 머릿기름을 발라 머리카락을 다듬었다. 하는 일이라고는 고작 차를 마시면서 신문을 읽고 집 안을 돌아다니고 기르던 개들을 산책시키거나 털을 빗질하는 정도였는데도 말이다. 그렇게 단정하게 차려입은 채로 김경규는 거울 앞에 서서 자기 모습을 물끄러미 바라보곤 했다. 그는 거울을 오래도록 들여다보다가 거울에 얼굴을 아주 가까이 대고 물었다.

"당신 대체 누군데 매일 남의 집 거실 한가운데 서 있는 겁니까?"

그는 화를 억누르며 친절하게 질문하려고 애썼지만 얼굴 근육은 씰룩거리고 있었다.

김경규는 매일 거울 앞에서 그 질문을 반복했고 시간이 지나도 조모에게서는 연락조차 없었다. 하지만 식구들은 조모가 집을 나가고 난 뒤 신발장의 구두가 한 켤레도 비어 있지 않다는 사실을 깨닫지 못했다.

두 번째 사건은 김일신의 부친이 저질렀다. 김일신의 부친인 김우래 씨는 평소 법 없이도 살 사람이라는 이야기를 들을 정도로 온화한 성품으로 아버지와는 달리 일이나 성취에 대한 욕심은 거의 없고 느긋하게 인생을 즐기는 한량이었다. 자식들에게도 관심이 깊지 않았고 매사를 그저 좋은 게 좋은 거라는 식으로 허허 웃으며 넘겼다. 그랬던 그가 길에서 어떤 사람을 찔렀다. 길에서 당한 사람은 이십 대 초반의 여성으로, 경찰은 처음에 원한에 의한 살인으로 보고 그 두 사람의 관계를 조사했다. 두 사람은 2001년에 한 직장에서 근무한 일이 있었다. 한일 전자라는 곳이었다. 김우래 쪽은 관리부에, 여자 쪽은 생산직에 종사했다. 하지만 두 사람은 서로 면식이 없는 사이로 밝혀졌다. 결국 사건은 두 사람이 무관한 관계이며 우발적 살인으로 종결지어졌다. 김우래는 신경 치료를 받기 시작했고 의사는 그의 뇌에서 이상 지점을 발견해 냈다. 그는 병식이 없었던 정신 질환자로 인정받아 형량을 감면받고 벌금형으로 대체해 한 달여 만에 감옥에서 풀려났다.

세 번째 사건은, 임신 중이던 김일신의 아내가 유산한 것이다. 김일신의 모친은 며느리가 배 속에 갖고 있는 아이가 아들이 아니라는 이유로 꽤나 스트레스를 주었고, 일신 씨의 아내는 퇴원한 이후 별거를 선언하며 친정으로 돌아갔다. 김일신은 아내의 의견에 별다른 이견이 없었던 모양으로, 그 일을 자신의 가족에게 일어난 세 번째 살인 사건이라고 말했다.

김일신은 이 세 가지 사건을 겪으며, 끔찍한 일들이 자신의 일가에 대물림된다고 생각했다. 할아버지에게서 아버지에게로, 아버지에게서 이제 자신에게로. 김일신 씨는 자기가 다음 차례가 될 거라고 예감했다. 자신이 누군가에게 해를 입히게 될 그다음 타자일 거라고. 그게 고의든 타의든 우발적이든 계획적인 것이든 어떤 방식을 통해서든 '누군가를 죽이게 될지 모른다고' 느꼈던 것이다.

그는 두려움에 떨면서 동료인 나에게 이야기를 털어놓고 어떻게든 그다음 살인을 막아야 한다고 말했다. 김일신은 집을 떠났다. 가족을 떠났고, 그들과 일절 연락하지 않았다.

김일신이 들려준 이 이야기에서 나는 몇 가지 잘못된 부분이 있다고 생각했다. 그 점을 일신 씨가 모를 거라고 생각하지는 않는다. 내가 보기에 김일신은 일련의 사건들과 좀 떨어져 있고 싶었던 것 같았다.

물론 그의 생각은 얼토당토않았으나, 또 한편으로 얼토당토않은 그런 생각들은 언제나 가능하고 도처에 널려 있지 않은가. 열대 지방 습한 오두막의 천장과 바닥과 사방 벽을 기어 다니는 벌레들처럼, 얼토당토하지 않은 생각들이 이 세상을 꾸물거리며 움직이고 있다. 방 벽을 0.1밀리미터씩 기어 올라가는 곤충들의 움직임처럼 꾸준히, 놀라우리만치 성실하게.

이 불미스러운 사건들에는 딱히 공통점이랄 것이 없었는데 그래서 김일신은 더욱 불안해했다. 이 사건이 집, 그 사건들이 일어난 공간에서 연유한 것이라고 생각했다. 바로 이 집 때문에 그런 사건들이 일어났다고 말이다. 김일신은 매우 싼값에 집을 내놓았다. 시가보다 가격을 3분의 1이나 낮추었는데도 사겠다는 사람은 나타나지 않았다. 어떤 이유에서인지 전세를 알아보는 사람조차 없다고 했다. 김일신의 집에서 흉흉한 일이 일어나고 있다는 소문이 동네에 이미 퍼져 있었고, 부동산업자조차 그 소문에서 자유롭지 못했다. 집을 보겠다는 사람이 나타났지만 이 집에서 최근에 일어난 사건들에 대해서 듣고 난 뒤에도 이곳을 선택하는 이는 없었다.

그 사람들이 믿는 건 대체 뭘까? 난 그게 궁금했다. 어떤 장소에서 누군가 어떤 일을 당했다면, 또 다른 사람이 그 장소에서 똑같은 일을 당할 거라는 사실을 믿는 걸까? 그렇다면 세상은 얼마나 안전한 곳이란 말인가? 오히려 문제는 전혀 다른 쪽에서 발생한다. 같은 공간에서 과거에 있었던 일과 전혀 상반되는 일들이 일어난다는 점 말이다. 내가 누군가를 가장 사랑했던 장소에서 그이를 배신하게 된다거나, 억울함으로 눈물을 흘렸던 장소에서 가장 환한 미소를 짓고 있게 되는 것. 잔인하고 두려운 일들은 오히려 그쪽에 가깝다. 그리고 이번에는 그 두 가지 경우 모두 아니었다.

그는 별장을 떠나서도 여전히 별장에 붙들려 있었고 그러므로 그 스스로 만들어 낸 이 별장의 저주에서 결국 벗어나지 못했다.

내가 보기에 김일신 씨의 별장은 좀 전에 열거한 단점보다 장점이 훨씬 더 많은 곳이었다. 그중에서 나를 가장 만족시킨 것은 불과 10킬로미터 정도 떨어진 습지였다. 인적이 거의 드문 산책길을 삼십 분 정도 걸어가면 습지가 있었던 것이다. 나는 그 습지에 다녀온 뒤에 김일신이 생물학자가 된 것은 자신의 선택이라기보다 거의 어쩔 수 없는 불가항력이었을 거라고 생각했다. 거기에는 물가에 사는 갑충들의 거의 모든 변종들이 살고 있었다. 김일신이 습지에 대해서 내게 따로 얘기하지 않은 게 의아할 정도로 온갖 실험군들로 넘쳐 났다. 나는 습지 주변 갑충들의 변종들에 완전히 흥분해서 다른 것들에 전혀 신경을 쓰지 못했다. 꾸물거리는 검고 반짝이는 그 보석 같은 생명체들에 완전히 사로잡혔던 것이다. 김일신이 들려준 이야기와 그가 처한 곤혹에 대해서도 잠시 잊었다.

베르트와의 서신 교환조차 차차 심드렁해졌다. 베르트는 다음 달에 있을 국제 유전학회에서 지금까지 나와 서신으로 교류하던 내용을 공식적으로 발표하게 될 것이라고 했다. 그 이론이 검증받게 된다면 사회성 곤충 진화가 군락 구성원 사이, 군락 사이, 전체 개체군 사이에서 작용하는 선택압들에 의해 이루어진다는 앨프리드 스터티번트의 이론을 완전히 뒤집는 셈이 될 거라고도 했다. 베르트의 주장은 간단히 말하면 이타적인 유전자의 형질을 갖고 있지 않더라도 개체의 이타적인 행동이 발현되는 순간이 발생하는데 이 발생의 조건을 적용한다면 일정 공간 안에서 개체군 전체의 형질 변화를 일으킬 수 있다는 것이었다. 그 이론은 매력적이었고 전복적이었으나 내가 계속 지적해 왔듯이 선택의 기본 개념에 대해 간과하고 있었다. 환경 요소에 대해 우월한 적응력을 가진 형질만이 선택에 의해 다음 세대로 전달된다. 그가 말하는 이타성의 발현이 어떤 순간에 전 개체군의 행동을 이끌어 낸다 할지라도 다음 세대로 전달될 리 만무했다. 그가 말하는 그 순간에 일어나는 행동이란 연구 대상의 기본 조건을 충족하지 못하고 있었다.

나는 진지하게 내 반론을 메일로 써서 전송했으나 그다음 번에도 그는 거의 동일한 내용의 반복일 뿐인 답장을 보냈다. 나는 그가 그 이론을 발표한다면 국제 학회에서 자신의 위상을 떨어뜨리는 것 외에 아무런 결과를 가져오지 않을 거라고 회신했다.

이후에도 베르트와 나는 메일을 몇 번 더 교환했다. 하지만 우리 두 사람은 똑같은 이야기를 다른 판본으로 조금씩 변형할 뿐 서로의 입장을 전혀 굽히지 않았다. 처음에는 흥미롭다고 생각했던 대화가 점차 지루해졌고 나중에는 그의 학자적 자질에 대해서 의심하게 되었다. 나는 그가 어떤 이유로든지 과학도로서 갖추어야 할 기본 소양을 잃어버렸다고 생각한다. 그 생각을 하면 아주 외로워진다.

유일한 소통 대상이 사라져 버리고 난 뒤 나는 습지 관찰에 더더욱 몰두하게 되었다. 매일 낮이면, 그리고 가끔은 밤에도 습지에 나가서 거의 살다시피 했다. 눅눅하게 습기를 머금은 공기나 미적지근한 흙탕물, 가끔 나뭇잎 사이로 떨어져 내리는 독충에 쏘인 듯한 정오의 볕 같은 것들에 나는 매혹되었다. 휴가의 대부분을 습지에서 보냈다고 해도 과언이 아니었다. 마치 내가 그 습지를 만나러 이곳에 온 것은 아닌가 싶었다. 남은 평생을 그 습지 근처에서 살래도 나는 그럴 수 있을 것 같았다.

하지만 그 행복 역시 완전하지는 못했다. 나는 몇 가지 불편한 점들과 맞닥뜨려야 했는데 그중 하나는 동네 주민들과의 사소한 마찰이었다.

"어딜 가십니까?"

습지로 가는 길에 어떤 남자가 나를 막아섰다. 나는 일전에 약국에서 그와 마주친 적이 있었다. 그때도 그는 나에게 인사했는데 내가 왜 진통제를 구입하는지 궁금해했다. 그는 내게 그 이유를 물었고 나는 좀 당황했다. 대답을 하지 않았고 불편한 기색을 노골적으로 드러내며 급히 약국을 나왔다. 그럴 필요까지는 없었는데, 하고 나중에 후회했다. 나도 그렇고 대부분의 연구자들이 조사를 나가면 그 지역의 주민들에게 예의 바르게 행동하고, 친근한 관계를 맺기 위해 노력한다. 그들은 연구자들이 모르는 거의 모든 것을 알고 있기 때문이다. 다만 그들은 자신들이 알고 있는 것이 얼마나 가치 있는지만을 모를 뿐이다. 하지만 나는 여기에 연구를 하러 온 것이 아니고, 특히나 그날에는 신경이 곤두서 있었으므로 아마추어 같은 실수를 저지르고 말았다.

두 번째는 같은 실수를 저지르지 않았고 나는 나 자신도 의외라고 느낄 정도로 친절히 대답할 수 있었다.

"습지에 가는 중입니다."

"거긴 무엇 때문에 가는 거요?"

그는 역시 전혀 불필요한 질문을 했다.

"갑충 변종을 찾으러요. 혹시 이 부근에서 물혹장구벌레를 본 적이 있습니까?"

"네?"

내 대답이 예상 밖이었는지 그의 표정이 아연했다. 그렇다면 그는 내가 어디에 갈 거라고 생각했던 것일까.

"지금 저한테 뭐라고 하셨습니까?"

"혹시 물혹장구벌레를 본 적이 있느냐고 물었습니다."

"뭐라고요?"

"아, 그게, 물혹장구벌레라고, 더듬이 뒤쪽에 둥그렇게, 대략 2~3밀리미터의 타원 모양의 혹을 달고……."

"대체 무슨 소릴 하고 있는 겁니까?"

반짝이는 두 눈이 나를 향했다. 당장이라도 나를 칠 기세였다.

"본 적 없습니까?"

그는 대답 대신 길을 터 주었는데 그가 나에 대한 호기심 혹은 적개심을 거둔 이유가 무엇 때문인지는 몰랐다. 다만 그가 내가 한 말을 잘못 알아들었거나 오해했다는 것만 분명했다. 어쨌거나 나는 다시 혼자가 되었고 습지로 향하는 길을 향해 확신에 차서 걷기 시작했다. 곧 습지에 도달할 수 있다는 생각으로 가슴이 부풀어 올랐다. 풍선처럼 몸이 가벼워졌고 다리를 빨리 움직이는 데만 온 신경이 모여들었다. 긴장한 머리카락들이 쭈뼛쭈뼛 서며 일제히 더듬이로 변해서 습지로 향하는 길 쪽으로 나를 안내하는 듯했다.

비가 오지 않은 탓에 습지의 면적은 어제보다 줄어들어 있었다. 움푹 패어 바닥이 갈라진 구덩이 하나를 더 발견했다. 그 다음에 발견한 구덩이에는 수분이 아직 남아 있었다. 나는 물혹장구벌레가 곧 발견될 거라는 생각에 조금씩 들뜨기 시작했다. 거기에는 물혹장구벌레가 살기 위한 모든 조건이 충족되어 있었고, 그러므로 물혹장구벌레가 살지 않는다는 사실은 성립하지 않았다. 물혹장구벌레는 분명히 있다. 내가 발견하든, 그렇지 않든 간에.

그때 누군가 습지를 향해 어슬렁거리며 걸어오고 있었다. 키는 나랑 비슷했고 체격이 좋은 여자였다. 얼굴을 보려고 했지만 우산에 가려져 얼굴을 확인할 수 없었다. 나는 여자의 신발만 보았다. 검정색 면 운동화를 신고 있었다. 발등 부분이 초록색 도트 무늬로 염색이 되어 있었다. 나는 루방보석바구미를 떠올렸다. 루방보석바구미의 패턴 간격과 운동화의 도트 무늬의 간격이 비슷했다.

비도 오지 않는데 왜 우산을 쓰고 있었을까. 이상한 생각이 들었고 다시 돌아봤을 때는 검은 타이어가 있었는데 무슨 이유에서인지 푸른색 곰팡이가 군데군데 피어 있을 뿐이었다.

이곳은 거의 완벽한 생태 운동장이었다. 표본 실험을 해도 좋을 정도였다. 물가 갑충이 살기에 적합한 조건을 모두 갖추고 있었으므로 비만 충분히 온다면 분명 다시 습지 생물들을 불러올 것이다. 나는 축축한 풀숲에 잠시 엉덩이를 깔고 주저앉았다. 엉덩이로 차갑고 음습한 기운이 올라왔지만 그런 것쯤은 아무렇지도 않았다.

습지 탐방 사흘째 되는 날 놀라운 소득이 있었는데 바퀴벌레나 그리마같이 흔히 볼 수 있는 해충들 사이에서 부케이비단벌레를 발견했다. 더듬이가 긴 것을 보면 야행성이었고 더듬이의 앞부분은 곤봉 모양으로 변형된 종이었다. 앞가슴등판은 꽤 짙은 오렌지빛이었고 소순판 부근의 푸른 빛깔은 겉날개 부근에 이르면서 점차 보라 빛깔로 짙어져 갔다. 고작 손가락 마디만 한 갑충들의 등에서 나는 작은 우주를 보았다. 나는 갑충의 딱딱한 등판 위에 가만히 손가락을 대 보았다. 몸체의 단단함이 피부를 향해 전해졌다.

한국과 중국의 북부 지역, 러시아 시베리아 일대와 극동 지방, 몽골의 삼림 지역에서 주로 서식하는 부케이종이었다. 이들은 주로 흑삼릉류와 함께 산다. 삿갓사초나 뚝사초 잎이 주된 식량이 된다. 흑삼릉류가 도태되어 점차 습지에서 사라지면서 부케이종도 함께 사라지는 추세였다. 멸종 위기종으로 보호

받고 있지만 다시 이 종이 번식하게 될 가능성은 희박했다. 완전히 사라지는 것, 다시 오지 않는 것, 사라지는 별들의 꼬리를, 노을의 마지막 열기를 보는 것과 같이 숨죽이도록 아름다운 순간을 맞이하고 있었다.

나는 천천히 숨을 들이마셨다. 전체적으로 몸에서 푸른빛을 내뿜고 있었고 한가운데 얼룩무늬가 분명했다. 그것은 우주에서 날아온 광석처럼 보였다. 분명 그 녀석들의 고향은 우주다. 그리고 다시 우주로 돌아가려고 하는 것이다. 나는 그걸 종이에 싸서 보관함에 넣어 두고 너무 감격한 나머지 돌아오는 길을 여러 번 헤맸다.

별장에 도착하자마자 나는 김일신 씨에게 전화를 걸었다. 그에게도 일정 부분의 공로가 있다고 생각했기 때문이다. 그에게 촬영 기사를 보내 달라고 요청할 생각이었다. 최근에 연구실에서는 심도 합성을 통해서 갑충의 모습을 평면에서도 완전히 입체적으로 관찰할 수 있는 촬영법을 도입하고 있었다. 심도 촬영을 요청할 생각이었다. 융단잎벌레의 심도 촬영한 이미지가 눈앞에 아른거렸다. 온몸이 흰털로 뒤덮인 꼽추잎벌레아과 곤충은 심도 촬영을 통해서 거의 실물과 같이 재생될 수 있었다. 그것은 하나의 계절이었다. 그리고 나는 오늘 내가 발견한 이 작은 곤충이 우리 안에서 잊힌 아주 먼 곳의 어느 행성을 일깨워 주리라는 것을 예감했다. 심장이 뛰는 소리가 들렸고 가볍게 손끝이 떨려 왔다. 내가 발견한 비단벌레의 사진을 당장 연구실로 보내고 싶었다.

"내가 뭘 찾아냈는지 알아?"

나는 그에게 크게 한잔 살 생각이었다. 김일신 씨는 대답하지 않았다. 나는 마음이 급해졌다.

"부케를 발견했어요!"

나는 외쳤다.

김일신은

"당신 지금 어디예요?"

라고 물었다. 목소리는 떨리고 있었고 내 얘기에 불쾌해하는 것처럼 느껴졌다.

"아직도 그 집에 있습니까?"

나는 그가 내게 왜 화를 내는지 알 수 없었다.

"내가 부케를 발견했다니까요?"

나는 그가 당연히 기뻐할 줄 알았고 머릿속에는 그 문장 말고 다른 아무것도 없었다.

"당장 그 입 다물지 못하겠습니까?"

나는 전에 김일신 씨가 그런 식으로 말하는 것을 한 번도 들어 본 적이 없기 때문에, 그가 나를 다른 사람으로 착각한 게 아닌지 의문스러웠다. 그뿐만 아니라 그는 협박하는 말이라도 들은 것처럼 으르렁댔다. 당황한 나는 녹음된 단 한 문장만을 반복하는 기계인형처럼 똑같은 문장을, '부케를 발견했다'는 말만을 계속해서 반복했다. 그는 험상궂은 말투로 만일 다른 사람에게 그 이야기가 들어갔다가는 성치 못할 줄 알라는 식의 협박을 한 뒤 전화를 끊어 버렸다. 나는 그가 수화기를 통해 내뱉은 원한과 적대와 증오의 기운 때문에 거의 얼떨떨해져 있었다.

습지에서 사건이 일어난 것은 그날 밤이라고 했다. 한 소녀가 살해된 채 물속에 잠겨 있었다. 그 소녀는 160이 좀 넘는 키에 50킬로그램이 좀 넘는 평범한 체구로, 나이는 열다섯에서 열일곱 정도로 추정된다고 했다. 가무잡잡한 피부에 검은 생머리를 고무줄로 묶고 있었다. 마치 침대 위에서 잠을 자듯이 누운 채로 사체가 떠올랐을 때 인근 초등학교에서 체험을 나온 아이들과 선생님에 의해서 발견되었다.

여학생이 왜 그런 꼴을 당했는지를 두고 말들이 많았다. 애초에 하고 다니는 꼴이 나쁜 일을 당할 수밖에 없었다고 사람들은 입을 모았다.

나는 출두 명령을 받고 아침 일찍 일어나자마자 경찰서에 갔다. 은나무 숲 습지에 여자가 죽어서 시체를 수습하는 과정에 있는데 내게 조사할 것이 있다고 했다. 내가 부케이비단벌레를 발견한 그날에 살해된 여학생의 시신이 발견되었다는 우연 때문에 내가 용의자 리스트에 오른 모양이었다. 그런 주먹

구구식 추리가 가능하다는 사실에 나는 거의 아연실색할 지경이었지만, 출두를 거부할 수 없었다. 전화 통화로도 가능할 것 같은 간단한 몇 가지 질문에 대답한 뒤 경찰은 집으로 가도 좋다고 했다. 침착을 잃지 말자고 다짐한 것이 허무할 정도로 조사는 간단하게 끝이 났다.

다음 날 낮에 경찰에게서 전화가 왔고 경찰서로 다시 와 줄 수 있겠느냐고 해서 그렇게 했다. 경찰은 나를 조사실로 데려갔다. 그가 제일 처음에 한 말은 여자를 어디에서 보았느냐는 것이었다. 그 여자는 내가 그날 물혹장구벌레를 찾으러 습지에 갔을 때 만난 여자를 뜻했다. 나는 신고 서류에 작성한 대로 은나무 숲이라고 말했다. 그 지점을 정확히 표기해 주었으면 좋겠다면서 조사관은 내게 마을 지도를 내밀었다.

나는 이 마을 주민이 아니라서 지도에 그려진 마을의 위치에 대해서는 알 수가 없었다. 은나무 숲에 들락거린 지도 고작 일주일 정도 지났을 뿐이라고 말하자 경관은 "당신이 이곳에서 나고 자란 것이 아니라고요?" 하고 반문했다.

"저야 별장에 놀러 온 손님일 뿐이니까요."

경관은 고개를 갸웃거렸다.

"이 마을에서 나고 자란 것이 아니고, 묵고 있는 집이 본인 소유가 아니고, 그저 휴가를 보내기 위해서 이곳에 머물고 있다?"

"네, 저는 김일신 씨 소유의 집에 머물고 있습니다. 나는 김일신이 아니고 강경인이라는 사람입니다. 곤충을 연구하고 있어요. 김일신 씨와는 직장 동료인데, 그가 자기 집에 머물러도 좋겠다고 해서 잠시 휴식을 취하고 있습니다만. 네, 그렇습니다. 나는 김일신이 아니라 강경인입니다. 나는 이 집과 아무런 상관이 없어요. 이 동네에 대해서 아는 것도 없습니다. 그 서류의 성명란에 분명히 제 이름을 적어 넣었는데요."

경찰은 내게 어제 작성한 서류를 내밀었는데 성명란에는 분명히 내 글씨체로 김일신이라고 쓰여 있었고, 나는 그들의 오해를 풀기 위해 거듭 사과를 해야 했다. 사실 나는 조사받는 일에 집중할 수 없었다. 내 정신은 별장의 2층 방 테이블 위, 일단 내가 가건물처럼 만들어 놓은 수집망 안에 들어 있는 부케이비단벌레에 온통 사로잡혀 있었기 때문이다. 서류를 작성하는 동안에도 내 머릿속에는 갑충의 빛나는 무지갯빛 등, 습도에 따라 변하는 그러데이션의 농도 같은 것이 어른거렸고 그래서 내 휴대폰 번호조차도 몇 번을 고쳐 써야 했다.

나는 부케이비단벌레 때문에 서류를 작성하는 과정에 집중하기 어려웠고 그래서 이런 실수를 저질렀다고 설명했다. 그 이상 경찰에게 더 털어놓을 말은 없었다. 내가 알게 된 사실은 내가 습지에 가는 길에 목격했다던 여자가 신고 있던 신발이 사체가 신고 있던 신발과 동일한 종류였다는 것이었다. 하지만 세상에 똑같은 신발을 신는 사람들은 넘쳐 난다. 같은 모양의 운동화를 신고 있다는 것이 두 사람의 동일성을 보장해 줄지도 모른다고 생각할 수 있다는 사실이 놀라웠다. 어쨌거나 내 진술이 나에게 불리하게 작용한 것만은 틀림없었다.

그는 내게 용의자들이 거짓 증언할 때 보이는 스무 가지 증상 중 열둘 이상의 증상을 보이고 있으며 아마 다시 출두할 것을 요청하게 될 거라고 말했다. 내 흥분 상태가 거짓 증언 때문이 아니라 비단벌레 때문이라는 것을 증명할 방법은 없었다. 나는 천천히 고개를 끄덕였다.

그날 밤에 나는 다시 습지에 들렀다. 은나무 숲의 습지들은 마치 텐트촌처럼 여러 군데 자리 잡고 있었다. 학생의 시체가 발견된 것은 가운데 있는 가장 큰 습지라고 했다. 시체는 이미 수습되었으니 내가 거길 가 보았댔자 알 수 있는 사실이란 아무것도 없을 것이다. 하지만 나는 습지 안을 들여다보았다. 이상 기후로 갑자기 날씨가 추워져서 습지는 가장자리부터 얼기 시작했다. 그 얼음 밑에 가라앉아 있는 시체를 상상해 보았다. 나는 주변에서 묵직한 돌들을 골라 왔고 얼어붙은 습지 위에 던졌다.

얼음이 깨지고 돌들은 바닥으로 가라앉았다.

나는 얼음이 깨진 습지 안을 다시 들여다보았다. 거기에는 아무것도 없었다.

경찰이 다시 나를 찾아온 것은 이틀 정도 이후의 일로, 나는 연구실에 연락해 희귀 갑충을 발견했다고 전하고 심도 촬영 신청을 한 뒤 절차를 기다리고 있었다. 마음이 조급해져서 휴가 기간이 사흘이나 더 남아 있는데도 당장에 서울로 올라가고 싶은 지경이었다.

그 와중에 경찰이 내게 찾아와서 하는 이야기라는 게 고작 내가 그 습지에 간 일이 있었다는 사실을 다시 확인코자 한다는 것이라니.

나는 당연히 그곳에 간 적이 있다고 답했다. 그리고 내가 습지에 나간 날짜와 시간을 적어 주었다.

그곳에 그토록 자주 들락거린 이유가 뭐였냐고 경찰이 물었고 나는 그곳이 물가딱정벌레의 생태에 적합한 조건이라는 것을 알게 된 이후에는 매일 갔다, 하루에도 두서너 번도 간 적이 있다고 말했다. 그게 왜 문제가 된다는 말인가. 나는 단지 내가 할 일을 했을 뿐인데 말이다. 경관은 시체가 살해된 시간이 추정되었는데 그 시간에 습지에 간 사람은 나밖에 없었다며 유감을 표시했다. 나 역시 그에게 유감을 표시하고 싶었지만 그럴 분위기는 아니었다.

나는 이토록 역사적인 순간에 그런 불미스러운 일에 얽혀 들었다는 것이 안타까웠다. 내가 여자를 죽이지 않았다는 것을 어떻게 증명할 수 있을지에 대해서 더 생각해 보는 편이 물론 나을 터였다.

"난 그 시체를 본 일조차 없습니다. 경관님, 내가 본 건 그 여학생이 신고 있던 것과 동일한 디자인의 운동화를 신고 있는 다른 여자의 운동화일 뿐입니다. 그 사실을 기억해 주셨으면 합니다."

경관은 고개를 끄덕였다.

아마 곧 영장이 발부될 것이고 내가 조사에 응해야 할 것이라고 그는 말했다. 그의 말투는 공손했지만 얼굴에는 짜증이 가득해 있었다. 할 일이 많은데 정신 나간 연구원까지 상대해야겠느냐는 표정이었다. 나는 되도록 빨리 경찰서를 나오는 게 좋겠다고 판단했다.

경관을 돌려보낸 뒤에 나는 이 일을 어떻게 하면 가장 효율적으로 해결할 수 있는지를 고민했다. 만약에 내가 부케이비단벌레를 발견하지 않았더라면, 아마 그들의 조사에 성심성의껏 응했을 테고 다소 아쉽긴 하지만 내 휴가의 일부를 내어 줄 수 있었을 것이다. 하지만 지금은 부케이비단벌레를 발견해서 채집한 상태이고, 단 일 분조차도 허투루 쓰고 싶지 않았다. 그게 내 진심이었다.

나는 보지 못했다.

그들에게 내가 할 수 있는 말은 오로지 그것뿐이었다. 본 것을 말하지 않을 수는 있겠지만 보지 않은 것을 대체 어떤 수로 말할 수 있단 말인가. 보지 않은 것을 말하지 못하는 내 심경을 대체 누가 이해할 수 있을까.

경찰을 돌려보낸 뒤 뜨거운 물로 목욕을 마치고 나왔을 때 나는 인터넷 포털 뉴스를 통해 김일신에게 일어난 새로운 소식을 듣게 되었다.

사흘 전 저녁 김일신(40) 씨는 회의 도중 흥분 상태에서 동료 연구원 I(38)에게 덤벼들었다.

연구원에서 만 38세인 이는 한 사람이었으므로 누군지 유추하는 것이 어렵지는 않았다. 그녀는 나도 잘 아는 사람이었다. 물거미 연구로 박사 학위를 받고, 희귀종을 발견하고, 최근에는 거미를 이용한 무농약 농사를 연구하고 있었다. 연구실에 온 지는 일 년이 조금 안 되었지만 다들 그녀의 실력을 신뢰하고 있었고 사회성도 꽤 좋은 편이어서 팀원들과 두루 잘 지내고 있었다.

특히 김일신은 그녀에게 관심이 많아 보였다. 그녀의 성과에 대해 매우 칭찬했고, 지원을 아끼지 않았으며, 동료로서 최선을 다했다. 그는 인정희가 다른 여자 연구원들과는 다르다고 자주 말했다. 여자들과 같은 팀에 배정되면 그 부담을 남자들이 짊어질 수밖에 없고 그건 환영할 만한 일이 아니라고 공공연하게 말하고 다니던 그가 인정희와 한 팀이 되었을 때 기뻐

하던 모습이 떠올랐다. 그가 인정희에게 덤벼들었다는 것은 아무래도 상상조차 할 수 없었다.

나는 다시 뉴스를 읽었다. 내가 알고 있는 김일신이라는 사람과 덤벼들었다는 단어를 연결시키기까지는 한참 시간이 걸렸다. 내가 그에게 전화를 건 게 언제였더라. 전화를 받고 난 뒤에 이 일이 일어났는지, 아니면 일이 일어난 뒤에 내가 그에게 전화를 걸었는지 알고 싶었다. 그러나 곧 내가 단지 그 시간에 습지에 있었다는 이유로 용의자로 지목당한 일이 떠올라 불쾌해졌다. 전후 관계를 따지는 것은 그런 주먹구구식 수사와 다를 바 없다는 생각이 들었던 것이다.

그가 결국에는 어떤 일이든 벌이게 될 거라는 예상은 반만 맞았다.

김일신이 두려워하던, 그리고 이 별장에서 일어날지도 모른다고 두려워했던 그 일, 네 번째 사건이 일어난 셈이었다. 그는 그 일을 피하려고 내가 보기에는 거의 모든 노력을 기울였으나 장소에 국한된 일이 아니었다. 그 일은 김일신을 따라다녔다.

나는 이상하게 마음이 놓였다. 마치 두려움 속에서 공포 영화를 보다가 사건이 일어난 뒤에 오히려 마음이 편안해지는 것과 마찬가지로 온몸이 이완되면서 졸음이 쏟아졌다. 일어날 일이 일어나고야 만 것이다. 김일신 또한 나처럼 차라리 안도하고 있을지도 모른다고 생각했다.

그에게 전화를 걸까 하다가 그만두었다. 따뜻한 물에 홍차를 우려내고 설탕을 넣었다. 달콤한 알갱이들이 갈색 용액에 번지는 모습은 아름답기 그지없었다. 찻잔 속의 작은 우주는 매우 사랑스러웠다. 홍차를 마시며 김일신이 스스로를 공포로 몰아가고 마침내 폭행을 저지른 일에 대해 다시 떠올려 보았다. 그가 이 별장에서 느꼈던 압박감은 오로지 그 자신에 의한 것이었다. 물론 그에게는 이 별장의 모든 구석구석이 의미하는 바가 있을 테고 또 막강한 힘을 행사하고 있다고도 느꼈겠지만 그를 두려움으로 내몬 흉흉한 것들은 실은 낡고 기운이 쇠한 것들에 불과했다.

인간의 마음이란 왜 그토록 심약할까. 인간들의 눈에는 왜 인간밖에 보이지 않고, 더 자주 자신과 같은 종의 인간밖에 보이지 않고, 또 더러 자기 가족 외에는 사람으로 보이지 않고, 가끔은 자기 자신의 얼굴조차 제대로 보이지 않을까.

인간 말고도 수많은 생물들이 지구에서 번영하고 있다. 이 세상에서 가장 번영한 생물은 인간이 아니라 딱정벌레다. 100만 종의 곤충 중에서 37만 종을 차지하고 있는 딱정벌레다. 딱지 날개 아래쪽에 있는 공간을 활용함으로써, 딱정벌레는 사막에서 생활할 수도 있고, 물속에서도 살 수 있다. 수분 증발을 억제하거나 공기를 비축하는 방법을 터득한 것이다. 딱정벌레는 세상의 모든 환경에서 살아남았다. 딱정벌레들의 끈기와 능력에 나는 자주 경탄한다. 그들은 심지어 사체를 먹고 배설물을 먹으면서도 살아남았다. 그런 것들을 먹고도 보석보다 아름다운 광택을 내면서 빛난다. 보석보다 찬란하고 화려하게 빛난다. 그에 비하면 인간은 얼마나 나약한 존재인지. 맛있는 음식을 탐하고 환경이 조금만 바뀌면 부적응에 시달린다. 이렇게나 안전한 공간에서도 자기 자신을 지키지 못하고 파멸하고 만다.

김일신이 걱정될 때마다, 그에게 전화를 걸고 싶어질 때마다 나는 보석바구미의 그 빛나는 광택과 붓으로 그려 넣은 듯한 삼각 무늬를 떠올렸다. 그러면 어쩐지 인간 세상의 일들은 서서히 멀어져 가고 딱딱한 곤충의 갑옷과 형형색색으로 빛나는 표면 그리고 날개, 이 세계가 온통 그들로 가득하다는 실감이 온몸을 잠식했다. 주변에서 일어나는 모든 일들을 잊은 채 별장의 곳곳을 돌아다니며 벌레의 사체들을 주워 모았다.

침대에 누워 잠을 청하려고 했을 때 전화가 걸려 왔다. 경찰이었다. 경관은 내가 내일 오전 9시까지 경찰서로 와서 몇 가지 질문에 대해 명쾌하게 대답해 주었으면 좋겠다고 말했다. 그는 명쾌하다는 형용사를 사용했는데 나는 그 단어가 어쩐지 마음에 걸렸다. 말꼬리를 잡을 상황은 아니었으므로 나는 일단 그러마 하고 전화를 끊었다. 그는 요청이라는 단어를 사용했지만 그건 명령이었다. 기분이 나빴지만 거절할 수 있는 권리가 내게 없다는 것을 알고 있었다. 하루 정도 서울행이 늦어진다고 해서 큰일이 나는 것은 아닐 테니까 경찰서에 들렀다가 서울로 가도 되긴 할 것이다.

다음 날 아침 나는 경관이 요구한 시간보다 십 분 정도 일찍 경찰서에 도착했다.

조사실로 안내를 받았고 따뜻한 커피를 대접받았다. 난 커피를 마시지 않는데요,라고 말하자 경관이 웃었다.

"긴장하실 것 없어요. 형식적인 겁니다."

그가 무엇에 대해 그렇게 말한 것인지 바로 이해가 가지 않았다. 커피에 대해서 말한 것일까. 아니면 나를 이른 시간에 이곳으로 부른 것, 아니면 피곤한 안색에 걸려 있는 저 평평하기 그지없는 미소에 대한 설명일까.

경관은 내게 정말 간단한 질문들을 던졌다. 그 질문은 이전에, 겨우 이삼일 전에 여기서, 그가 내게 던졌던 질문과 완전히 동일했다.

"2018년 6월 3일 사건 당일에 어디에 있었습니까?"

"은나무 숲에 있었습니다."

"거기서 무엇을 했습니까?"

"갑충에 대해서 조사하고 있었습니다. 거기에 습지가 있었고 그 습지는 갑충들의 보고였으니까요."

"습지에서 무엇을 발견했습니까?"

"말했다시피, 이건 내가 전에 다섯 번도 더 말했던 것 같은데 거기에는 온갖 갑충들이 있었습니다. 내가 거기에 못 갈 이유는 없었죠. 아니 가지 않고는 배기지 못했습니다. 난 갑충을 연구하는 사람이고 거기에 갑충이 있었으니까요. 그뿐입니다."

"당신은 그곳에서 살해된 여고생을 보지 못했습니까?"

"아니요."

"당일에 근처에서 성폭행당한 시체가 습지에 유기되었습니다. 정말 보지 못했나요?"

"네, 그렇습니다. 난 보지 못했습니다."

나는 경관을 노려봤다. 그는 안색이 좋지 않았고 입가에는 여전히 요지부동으로 평평한 미소가 걸려 있었다. 나는 어쩐지 초조한 기분이 들어 별 도움이 되지 않을 것을 알면서도 종이컵에 담긴 믹스 커피를 마셨다. 어서 집으로 돌아가 설탕을 탄 홍차를 마시고 싶다고 상상하면서. 그러나 입안에 들어온 건 믹스 커피였고 곧 속이 쓰려 올 것이다.

심장이 뛰기 시작했다.

경관이 내게 이제 돌아가도 좋다고 말했다. 나를 다시 부르는 일이 없기를 자기 또한 바라고 있다고도 덧붙였다. 그리고 이 모든 일들, 은나무 숲에서 일어난 여학생의 사망 사건, 내가 용의자로 지목된 것, 증언을 하기 위해 나를 부르고 똑같은 질문과 대답을 하고 아무 성과도 변화도 없이 돌려보내는 과정

전부가 별 대수로울 것 없다는 듯 한가한 얼굴로 나를 배웅했다. 내가 자기네 집에 놀러 왔다가 담소를 나누고 헤어지는 옛 친구라도 되는 양 다정하게 굴었다. 마을에 온 게 처음이라면 시내 장에 들러서 우더리탕을 먹어 보라고도 권했다. 이 마을에서만 팔고 있는 특산품이라고 했다.

붉은 벽돌집에서는 아무 일도 없었다. 하지만 휴가가 끝나고 회사에 복귀했을 때, 나는 김일신 씨가 나에 대해 늘어놓은 거짓말로 인해 곤란에 빠졌다. 그는 동료들에게 내 험담을 했다. 내가 도저히 상종할 수 없는 속물이고 변태라며, 입에 담고 싶지 않은 욕설까지 했다는 것이었다. 그 말이 뭐냐고 물으면 상대는 얼굴을 붉혔다. 자기 입을 더럽히는 것 같아서 굳이 말하고 싶지 않고, 그리고 그들도 내가 그런 사람이 아니라는 것을 알고 있는데 내가 그 더러운 말들을 들어서 좋을 게 없다는 것이었다.

김일신 씨가 거짓말을 하고 있다는 걸 우리도 알고 있습니다. 동료들은 그렇게 말했다. 연거푸 그런 일이 일어난 후에 피해망상에 시달리고 있었으니까요. 그도 힘들 겁니다. 동료들은 그렇게 덧붙였다. 나태하고 잔인한 말이었다. 그 말에는 아무 뜻도 담겨 있지 않아서 무게가 없었고 그래서 발음되는 것과 동시에 공기 중으로 증발해 버렸다.

김일신 씨는 이미 연구실을 떠난 뒤였지만, 나는 김일신 씨가 나에 대한 적의를 그녀에게 뒤집어씌웠다고 생각했기 때문에 죄책감을 느꼈다.

이후 나의 연구 실적은 완전히 바닥을 쳤다. 나는 내가 본 것들, 눈으로 관찰해서 정확히 수치화되는 것들에 대해서 회의하기 시작했으며 실험 중인 표본들을 전혀 신뢰하지 못하겠다는 생각을 자주 했다. 그런 내 마음은 당연히 실험에 영향을 미쳤다. 나는 연구원으로서 갖추어야 할 최소한의 믿음을 완전히 잃어버리고 말았다.

이유를 알고 있었다. 내가 그날 붉은 벽돌집에서 김일신 씨에게 전화를 걸었을 때 나 자신이 그에게 무슨 말을 한 건지에 대해서, 자신이 없어졌기 때문이다. 내가 '부케를 발견했다'는 문장이 아닌 다른 말, 그를 화나게 하고, 결국에는 자제심을 완전히 잃어버리게 만든 얘기를 했을지도 모른다. '부케를 발견했다'는 말이 아니라 다른 뭔가를 말했을 수도 있다. 그 생각이 나를 못 견디게 만들었다.

붉은 벽돌집에서 고이 종이에 싸 가지고 나온 비단벌레가 든 보관함을 열었을 때, 거기에는 비틀어진 문에서 떨어져 나온 것으로 보이는 나무토막이 들어 있었다. 형태도, 색깔도, 무늬조차 부케이비단벌레와는 아무 비슷한 점이 없는 썩은 나무토막이었다.

거실 장 한가운데

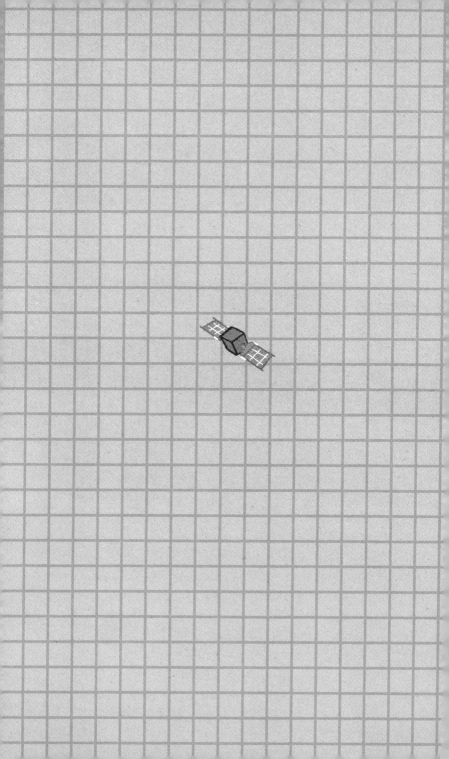

어머니는 아버지를 포함한 우리 가족 모두가 그 일을 잊어버리는 게 필요하다고 했다. 하지만 아무래도 그 일을 잊을 수 없는 사람은 어머니일 뿐 애초에 아버지는 그 일에 그다지 신경을 쓰지 않았다. 당사자인 아버지는 누명을 쓴 일에 대해 억울해하기보다는 귀찮아했다. 고세영 씨같이 제정신이 아닌 사람을 사귄 자기 잘못이라고 했지만 진짜로 그렇게 생각한 것은 아니고 그 일에 대해서 깊이 고민하지 않는 것 같았다. 조사가 진행되는 동안 조금씩 심신이 망가진 사람은 지켜보던 어머니였고, 내게는 어머니의 그 말이 도움을 요청하는 것으로 들렸다.

마침 회사에서 리조트 이용권이 나와서 신청했다. 회사에서 북부 지구 쪽에 만 평가량의 관광 단지를 개발하는 바람에 임직원들은 거의 반값에 리조트를 이용할 수 있었다. 주말이나 공휴일을 피하면 이용 시설들의 할인 폭을 높여 준다고 해서 평일로 날짜를 맞추었다.

휴가를 낸 것은 어머니를 위해서였는데 휴가 기간 동안 어머니는 사사건건 트집을 잡아 애써 기분을 망치려는 사람처럼 굴었다. 매표소에서는 입장료가 너무 비싸다고 번듯한 직업이 없는 사람들은 이런 데 얼씬도 못 하겠다고 비꼬았고, 사우나에서 가족 할인을 해 주자 요즘 1인 가족 비율이 얼마나 높은데 개인 회원, 가족 회원을 구분하느냐고 직원에게 따졌다. 마치 어머니는 여행에 방해가 되려고 작정한 사람 같았다.

그날 밥을 먹으러 들어간 식당에서도 마찬가지였는데, 고깃집이 원래 그런 것을 모르지 않을 텐데도 주 메뉴는 2인분 이상이라는 점에 화를 냈다.

"혼자 사는 사람은 냉면만 먹고 살라는 거야? 왜 사람들이 그렇게 배려가 없을까?"

어머니는 초조한 듯 다리를 떨었다. 밥 먹으면서 다리 떠는 것을 특히 질색하는 아버지가 핀잔을 주자 잠시 멈추었다가 자기도 모르게 또 흔들었다. 규칙적으로 들려오는 가벼운 마찰음에 아버지는 조금씩 신경질이 나는 모양이었다.

"여기 어쩐지 음식 맛이 별로일 것 같아. 사람이 없잖아."

어머니가 또 불평을 늘어놓기 시작하자 아버지가 어머니의 입을 막았다.

"여보, 지금은 평일이야. 다들 회사에 출근했고 학교엘 갔지. 한적한 것도 나쁘지 않은데 우리 가족만의 휴일을 즐기면

174

된다고. 제발 그만해. 그리고 그 다리 떠는 것 좀 그만두지 못하겠어?"

나는 어머니의 말과 아버지의 말이 모두 틀렸다는 생각이 들었다. 그사이 어딘가에 우리가 보지 못한 무엇이 있는 것 같았다.

직원이 음식을 내오고 어머니가 직원이 불친절하다고 짜증을 냈고 아버지가 또 한 번 발끈했다.

"요즘 사람들은 자기가 뭘 사는 게 대단한 지위인 줄 안다니까. 우린 돈을 냈고 여기선 음식을 내왔어. 왜 저 사람들이 우리에게 웃어야 하고 친절히 굴어야 한다고 생각해?"

첫날의 식사 시간부터 암담했다. 이 휴가가 우리 가족을 어디로 데려갈지 알 수 없었다. 아버지가 다시 수저를 집어 들자마자 테이블이 벽에 부딪는 마찰음이 다시 규칙적으로 들려왔다.

"다리 좀 가만두라고 몇 번 말해?"

어머니가 수저를 놓더니 화장실로 가 버렸다. 어머니가 일어났는데도 소리는 계속 들려왔다.

그 딸각이는 소리는 우리 테이블에서 나는 소리가 아니었다. 옆 테이블에 어떤 남자가 냉면을 앞에 둔 채 창밖에 멀거니 시선을 두고 다리를 흔들고 있었다. 마치 그 일이 자기 생의 유일한 의무라도 되는 양. 탁, 탁. 탁. 탁. 탁. 탁. 탁.

소리의 근원지가 다른 테이블이라는 걸 눈치챈 아버지는

입을 다물었다. 몇 숟갈 더 뜨던 아버지가 갑자기 고개를 홱 돌려 남자를 정면으로 바라보았다. 그리고 남자의 얼굴을 확인하자마자 수저를 바닥에 떨어뜨렸다.

고세영 씨가 아버지를 고소한 것은 지난겨울이었다. 경찰서에서 피의자 조사를 위해 출두해 달라는 전화가 걸려 왔을 때 아버지는 낮잠을 자던 중이었다. 휴대폰은 거실의 티브이 위에 올려져 있었는데 바닥에 깔아 놓은 러그의 보풀을 뜯어내던 어머니가 대신 전화를 받았다.

상대가 중부 지구 경찰서 소속의 김주호 경사라고 자신을 소개하면서 아버지를 바꾸어 달라고 하자 어머니는 손에 쥐고 있던 테이프를 바닥에 떨어뜨렸다. 테이프는 거실 바닥을 1미터 정도 굴러가다 멈췄다. 그게 멈추는 순간 어머니는 무릎이 너무 떨려서 주저앉으려고 하는 몸을 일으켜 세우는 데 온 신경을 집중해야 했다. 하지만 경사가 전화기 건너편을 볼 수 없었던 것은 당연했고 계속 무슨 이야기를 했다. 어머니는 그 질문에 간혹 대답도 했지만 완전히 얼이 빠진 상태였기 때문에 경사가 자기를 소개한 부분까지만 기억할 뿐 그 뒤의 내용은 전혀 기억하지 못했다.

어머니는 기억나지 않는 그 부분을 상상으로 대체했다. 어머니는 아버지가 범죄자라고 누군가를 해쳤다고 생각했다. 어머니는 거실에 놓인 이제 아무도 건반을 누르지 않는 피아노에 몇 분간 기댔다가 가까스로 몸을 세웠다. 피아노 의자 위에 작은 메모지가 놓여 있었다. 하단에 작은 글씨로 상호명이 인쇄된 노란색 포스트잇이었다. 12월 18일 오후 2시 서울 경찰서 중부 지소 21 출두 요망. 분명 어머니 자신의 글씨체였지만 그걸 언제 받아 적었는지 역시 기억해 낼 수 없었다. 포스트잇을 들고 있던 어머니는 자기 인생에서 가장 중요한 사실을 제비뽑기로 결정한 사람처럼 허망한 기분이 들었다.

오십 년 동안 한집에 산 남편이 구속될 거라는 상상과 두세줄의 단어가 적힌 가벼운 포스트잇의 무게가 어머니를 이상한 혼란에 빠뜨렸다. 어머니는 너무 긴장한 나머지 상황에 유연하게 대처할 능력을 상실했다.

어머니는 안방으로 들어가 침대에 누워 있는 아버지를 흔들어 깨우고 그게 어떻게 된 일인지 물어볼 수도 있었다. 어떤 일을 저질렀기에 경찰서에 불려 가게 되었는지 자초지종을 따져 묻는 방법이 분명히 있었다. 하지만 어머니는 그렇게 하지 않았다. 어머니는 자신의 앞질러 간 상상 속에서 일어난 그 일, 즉 아버지의 구속을 사실로 받아들였다. 결국 그런 일이 일어나게 된 거라고 순순히 납득했고, 범죄자와 단둘이 묵고 있는 그 집에서 도망쳤다.

아버지는 어머니가 집을 나간 뒤 한 시간쯤 뒤에 빈집에서 깨어났다. 아버지는 어슬렁거리며 거실에 나와 주전자에서 물을 따라 마신 뒤에 바닥에 떨어져 있는 종이를 주워 쓰레기통에 버렸다. 그렇게나 간단히 아버지는 피의자 조사에 불참하게 되었다. 아버지는 자신이 고소당한 사실은 알지도 못한 채 잠깐 슈퍼라도 나간 줄로만 알았던 아내가 해가 지도록 돌아오지 않는다는 점에 대해서만 생각했다. 아버지는 9시쯤에 어머니에게 전화를 걸었다. 벨소리는 주방 식탁에서 들려왔다. 어머니가 아주 급하게 외출했거나 연락을 받지 않겠다는 뜻이거나 둘 중 하나라고 아버지는 생각했다.

아버지는 한 시간 정도 티브이를 보았다. 나일강 유역의 문명 발생에 관한 다큐였다. 모래사막에 수로가 건설되는 과정에 아버지는 관심을 기울였다. 다큐멘터리가 끝나도 어머니는 돌아오지 않았고 매일 10시에 그랬듯이 일기를 쓰고 나서 잠에 들었다.

아버지는 내게 전화를 걸 수도 있었다. 그랬다면 어머니가 아들 집에 와 있다는 사실과 경찰서에서 전화가 왔었다는 사실을 알게 되었을 것이다. 피의자 조사에도 참석할 수 있었다. 하지만 아비지는 그렇게 하지 않았고 그냥 일어난 일들을 양지 다이어리에 적었다.

'아내가 집을 나갔다.'

숲길의 첫 번째 코스는 생태 습지 체험장이었다. 표지판을 분명히 확인했는데도 체험장을 찾느라고 꽤 오랜 시간 헤매었다. 이십여 분 만에 발견한 습지는 형편없었다. 어머니는 말도 안 되는 일을 당했다는 듯 소리쳤다.

"이게 습지라고? 이 더러운 물구덩이가?"

아버지도 실망한 눈치였다. 나 역시도 당황한 것은 마찬가지였다. 습지는 비가 많이 오는 날에 도시의 공사장에서 흔하게 볼 수 있는 물웅덩이 정도의 크기였다. 물이 너무 탁해서 정확한 깊이는 알 수 없었지만 겨우 무릎 깊이가 될까 말까였다. 표지판에는 물속에 사는 동물들을 관찰해 보라고 쓰여 있었으나 소금쟁이 몇 마리가 전부였다. 습지가 아니라 그냥 흙탕물이었다. 심지어는 썩은 냄새까지 났다.

어머니가 웃음을 터뜨렸다.

"이런 습지 체험이라니 엄청나구나."

어머니는 주변에 꺾인 나뭇가지를 하나 주워서 물웅덩이를 휘휘 저었다. 물보라가 일며 진흙탕이 퍼져 나갔다. 아버지와 나는 머쓱해져서 할 말을 잃고 나란히 선 채로, 어머니가 돌멩이를 물웅덩이에 던져 넣는 바람에 사방으로 흙탕이 튀어 오르는 것을 지켜봤다.

"건강은 좀 어떠세요?"

어머니는 뭐 대단한 병이라고, 나이 들면 하나둘씩 아프기

마련이지, 얼버무렸다.

"근데 아까 그 사람 요즘도 나타나요?"

괜한 화풀이를 그만두라고 말하는 대신 나는 어머니의 주의를 딴 데로 돌릴 생각이었다.

어머니는 언덕 너머로 고개를 들고 또 가슴을 더 올려 하늘을 바라봤다.

"매일 아파트 단지 앞에 서 있어. 거기서 매일 아버지를 기다리고 있단다. 그 사람이 왜 그러는 걸까. 얘, 그 사람이 대체 우리에게 뭘 원하는 거 같니?"

어머니가 한숨을 내쉬었다.

"문제가 많은 사람이라면서요. 가족도 없고, 친구도, 직장도 없고요. 다른 누군가에게 연락할 방법은 없어요? 정 안 되면 경찰에 신고하죠."

어머니가 손사래를 쳤다.

"뭐 딱히 우리에게 해가 되는 일을 한 게 아니니까 그럴 것까진 없어. 그냥 그 사람은 단지 앞에 서 있는 거지. 거기서 네 아버지를 보는 거야. 아버지가 병원에 갔다 오는 걸, 슈퍼에서 뭘 사 오거나 너희들 집에 갔다 오거나 하는 걸 말이다. 그냥 보고만 있고 이제는 인사도 하지 않더라."

"제정신이 아니라면서요?"

"누가 그러디?"

"아버지가요."

"정말 그럴까?"

어머니가 나에게 물었다. 내가 그 대답을 해 줄 수 있다고 생각한다는 듯이.

내게는 어머니의 그 말이 도움을 요청하는 것으로 들렸다.

"그럼요, 어머니. 그 사람은 제정신이 아닌 거예요. 경찰이 아버지는 죄가 없다고 그랬잖아요."

다른 사람이 자기를 어떻게 이해하거나 말거나 나만 떳떳하면 그만이라는 아버지의 생각은 법 앞에서 곧장 무너졌다. 아버지는 피의자였다. 2017년 10월 10일에 고세영 씨는 아버지가 자기 돈을 갈취하고 협박하고 폭력을 휘둘렀으며 생명에 위협을 가했다고 신고했다.

아버지는 조사실 안을 둘러봤다. 싸구려 플라스틱 의자와 집성목으로 만든 직사각형 테이블. 철제 캐비닛의 색깔은 붉은색이었는데 아버지는 경찰서에 대해 갖고 있던 편견을 깼다.

경찰서에 무엇을 신고하거나 도움을 요청하러 온 것이 아니라 범죄 사실을 부인하기 위해서 왔다는 사실을 받아들이는 데는 시간이 좀 더 걸렸다. 조사과장이 질문할 때 계속 다리를 떠는 것도 영 신경이 쓰였다. 아버지는 화장실에 다녀오겠다고 한 뒤 자판기에서 율무차를 뽑아 천천히 한잔 마시고 다시 조사실로 들어왔다. 단것이 들어가자 누명을 쓴 피의자 역할을 좀 더 자연스럽게 할 수 있을 것 같았고 이후로는 차분히 질문에 응했다.

아버지는 자기가 고세영에게 돈을 갈취한 적이 없다고 대답했다. 그 돈은 고세영이 꿔 준 것이다. 그 돈은 분명 계좌로 이체되었는데 그럼 내가 고세영의 등에 총을 대고 현금 인출기로 데려가 억지로 화면을 조정하게 해서 내 통장으로 돈을 옮긴 것이겠느냐고 물었다. 고세영이는 내가 협박을 했다고 하는데 그 점 역시 사실이 아니라고 했다. 고세영과 자기는 친구 사이로 누가 누구를 협박할 수 있는 위계 관계가 아니다. 우리는 덩치도 같고 나이도 같고 성별도 같다. 아버지는 거기까지 말하고 조사과장에게 부탁인데 다리를 떨지 말아 달라고 말했다.

조사과장은 아버지에게 "뭐라고요?"라고 되물었다.

"지금 다리를 떨고 계시잖아요. 그게 너무 거슬립니다. 대답을 하는 데 집중할 수가 없어요. 아까부터 내가 말을 자꾸만 더듬은 건 당신 때문이오. 원래 그렇게 다리를 떱니까? 신경이 쓰여서 생각에 집중을 할 수가 없잖아요."

조사과장이 한숨을 내쉬었다.

"알겠습니다. 가만있을 테니 계속 진술하세요."

아버지는 계속했다. 물론 내가 고세영이에게 소리를 지른 적은 있다. 하지만 고세영이도 그에 못지않았다. 만약에 내가 고세영이에게 소리를 지른 것이 협박죄에 걸린다면 고세영이 역시 그 죄에 해당할 것이다. 내가 고세영이를 죽여 버리겠다고 한 것은 사실이지만 고세영 역시 나에게 똑같은 소리를 했다. 또 내가 고세영이의 대가리를 후려치고 목을 조른 일 또한 사실이지만, 그놈 역시 내 목을 할퀴고 귀를 물어뜯었소, 하며 아버지는 눌러쓰고 있던 털모자를 벗었다.

"이게 다 고세영이 짓이요. 하지만 난 그 작자를 신고하지 않았고 치료비를 달라고도 하지 않았습니다. 그런데 그 자식이 나를 고소해? 대체 뭘 잘했다고! 이보쇼, 조사과장 양반, 당신은 고세영이를 모르잖아. 난 그놈을 오십 년 가까이 봐 왔어. 내 마누라보다 고세영이를 더 오래 봤다고. 당신이 고세영이를 알아?"

아버지는 채 아물지 않은 오른쪽 귓바퀴를 문질렀다.

"고세영이는 어디가 모자란 놈입니다. 제대로 된 놈이 아니라는 거요."

조사과장이 고개를 오른쪽으로 떨구고 오랫동안 아버지를 쳐다봤다. 아버지도 조사과장을 마주 보았다.

"과장님, 다리를 또 흔드시는데 그것 때문에 내가 집중이 안 돼요. 생각이 잘 안 납니다."

점심 식사를 마친 뒤에는 숲길에 올랐다. 숲의 입구까지는 곤돌라를 탔는데 앉는 순서를 두고 어머니와 아버지가 다투었다. 숲의 입구에 매표소가 있었다. 직원은 할인을 받을 수 있었기 때문에 우리는 역시 반값에 이용권을 샀다.

"직원이 아닌 사람은?"

어머니가 물었다.

"여긴 보통 너희 회사 직원들만 오는 데냐? 다른 사람들은 안 오고?"

어머니가 누군가를 찾는 듯 주위를 살피며 물었다.

"다른 사람들도 오죠. 왜요? 누가 여기 오겠다는 사람이 있어요?"

어머니는 고개를 저었고 그냥 궁금해서 물어본 것뿐이라고 대답했다. 종이에 인쇄된 구불구불한 산의 지형도는 마음을 편안하게 해 주었다. 한 사람씩 표를 나눠 가졌다.

입구를 통과할 때 나는 숲의 입구에 간판이 달려 있는 것을 보고 회장님의 호를 딴 것이라고 말했다.

"산에 사람 이름을 붙였어? 그게 누구 아이디어라니."

어머니의 불만은 계속되었다. 자기 것이 아닌 것에 자기 이름을 갖다 붙이는 것이 이상하고 기괴한 일이라고 했다.

어머니와 나는 나란히 걷고 아버지는 맨 뒤에서 천천히 올라왔다. 아버지는 발목이 불편한 모양이어서 자꾸 뒤처졌다. 부축을 해 드리겠다는 것도 마다하고 어서 앞서 가라고만 했다. 간격이 조금씩 벌어지기 시작하더니 갈대숲이 나타나자 아버지의 모습은 아예 보이지 않았다.

"아버지 발목은 어쩌다 다치셨대요?"

어머니는 고개를 절레절레 저었다.

"이번에 조사를 받으러 다니면서 어찌나 신경을 썼던지 여기저기 안 아픈 데가 없단다."

어머니는 자기 몸이 다 아프다는 듯 가볍게 어깨를 떨었다.

갈대숲을 지나자 작은 정자가 나와서 잠시 쉬며 목이나 축이고 가기로 했다. 아버지를 기다렸다가 함께 올라가려는 계획이었다. 어머니가 입구에서 산 생수병을 꺼냈다. 사진을 찍으려고 카메라를 꺼냈다. 정자에 앉아 있는 어머니를 향해 셔터를 누르고 꽃 사진을 더 찍고 싶어서 수풀로 들어갔다. 내 모습이 보이지 않으니 불안했는지 어머니가 자꾸 말을 시켰다.

"그래서 아까 식당에서 그 사람이랑 아버지랑 다퉜니?"

"다투긴요. 아버진 본 척도 안 하고 고갤 홱 돌려 버리던데요."

"그 사람은 어딜 갔을까?"

"여기저기 구경하고 다니겠죠. 그런데 어떻게 여기서 만날 수가 있죠?"

"우연이 아니겠니. 그 사람이 우리가 여기 온 걸 알았을 리도 없고."

식당에서 만난 남자가 고세영 씨였다. 그는 내가 상상한 것과는 전혀 다른 모습이었다. 나는 덩치도 좀 크고 다혈질에, 생각하기보다는 몸을 먼저 움직이는 돈키호테 같은 사람이겠거니 예상했는데 초등학생으로 보일 만큼 작은 키에 소심해 보이는 인상이었다.

"그 사람이 왜 자꾸 거짓말을 지어낼까요?"

어머니의 대답이 들리지 않았다. 너무 멀리 들어온 모양이었다. 정자 뒤편으로는 풀숲이 우거져 있었고 다양한 종류의 나무들과 꽃들 천지였다. 나는 빠르게 셔터를 눌렀다. 수풀 안쪽에 나 말고 다른 사람이 있었는데 프레임에 자꾸 그 사람이 잡혀서 몇 번이나 다시 찍어야 했다. 제대로 찍었다고 생각하고 다시 확인하면 화면의 어느 구석에 주황색 파카를 입은 그 남자가 찍혀 있었다.

사진을 지우다가 나는 갑작스럽게 아까 식당에서 본 그 남자를 떠올렸다. 창 너머 멀리를 응시하면서 다리를 덜덜덜 떨고 있던 작은 덩치의 남자. 남자의 테이블 위에 놓여 있던 냉면 그릇. 그리고 남자의 옆에 놓여 있던 주황색 점퍼.

나는 이전에 찍은 사진들을 확인했다. 좀 전에 정자에 앉아 있는 어머니의 옆모습 뒤편으로 고세영 씨가 서 있었다. 식당 앞에서 부모님이 손을 잡고 찍은 사진에서도 화면의 오른쪽 끝에 서 있었고, 리조트의 입구에서 찍은 아버지 사진의 끄트머리에도 있었다.

실수나 우연이 아니라 일부러 함께 찍은 게 분명했다. 고세영 씨는 우리와 완전히 동일한 방향으로 서서 당당하게 카메라를 바라보고 있었다. 자신이 우리 식구 일원이라는 듯이, 다만 어떤 사정이 있어서 좀 멀리 비켜나 있을 뿐이라는 듯이.

조사가 진행되고 판결이 나기까지 아버지와 어머니 사이는 급격히 멀어졌다. 오십 년이나 한집에 살았던 이들이 그렇게 한순간에 등을 돌릴 수 있다는 건 놀라웠다. 어머니는 반년간 우리 집을 거처로 삼아 집에는 아버지가 없을 때만 잠깐씩 들러 자기가 필요한 물건들을 챙겨 나왔다.

아내가 없는 집에서 어머니의 물건들이 하나둘씩 사라지는 걸 보고 아버지는 그 없어진 물건들이 뭐였는지를 기억해 내며 시간을 보냈다. 거의 다 알아낼 수 있었는데 작은 방의 거실 장 한가운데가 비었을 때 아버지는 그게 뭔지를 도저히 생각해 낼 수 없었다. 그게 못 견디겠더라고 아버지는 말했다. 어머니가 집을 나갔을 때, 그리고 돌아오지 않았을 때도 고통스러웠지만 그것보다 거실 장 한가운데 물건이 뭐였는지 생각이 안 날 때는 잠을 이루지 못했다고 했다.

어머니는 딱 한 번 아무도 없는 줄 알고 집에 들어갔다가 아버지와 마주쳤다. 아버지는 어머니에게 자기가 도와줄 게 있느냐고 물었다. 어머니는 혼자서 할 수 있다고 대답하고 안방으로 들어갔다.

원래는 그럴 생각은 아니었는데 어머니는 아버지의 일기장을 집어 들었다. 어머니는 항상 책상 서랍 속에 들어 있던 일기장이 바닥에 놓여 있는 것을 보았고 거기에 어떤 대단한 것이, 아버지가 그동안 저질러 온 범죄의 기록이 적혀 있을지도 모른다고 생각했다. 일기장을 가리기 위해, 그보다 떨리는 심장을 숨기기 위해 어머니는 옷장을 열었다. 결혼기념일에 선물받은 모직 코트를 빼 들었다가 어머니는 너무 잔인한 일이라고 생각했다.

어머니는 수건을 꺼내 일기장을 감쌌고 아버지는 어머니가 수건을 가지고 나가는 모습을 쓸쓸히 바라보았다. 목욕탕에 갈 거냐고 아버지가 물었을 때 어머니는 아니라고 대답했다. 내가 아끼던 거라서,라고 얼버무리던 어머니는 수건을 내려다보면서 자기가 어울리지 않는 말을 했다는 걸 깨달았다.

손에 힘이 스르르 풀리면서 수건이 바닥에 떨어졌다. 수건이 흐트러지면서 그 안에 '2017 양지'라고 금박 명조체로 인쇄된 갈색 인조 가죽 다이어리가 드러났다.

어머니는 그 일기장을 가지고 나와야 된다는 생각뿐이었다. 당시에 어머니는 너무 혼란스러웠고 뭐가 진실인지를 알아내야 했으니까, 그래야 한다고, 그래도 된다고 생각했다. 그게 자기 의무라고. 진짜 일어난 일이 무엇인지 밝혀져야 앞으로 뭘 어떻게 할 수 있는지도 알 수 있게 될 것이고, 자신에게 그 일기를 볼 자격이 있다고도 생각했다.

어머니는 당시에 자기가 무얼 어떻게 해야 하는지 전혀 알 수가 없었다고 반복해 말했다. 그건 정말 두려운 일이었다고.

"네 아버지가 고세영이의 목을 졸랐다는 걸 알았을 때보다 나는 그게 더 무서웠어."

고세영 씨가 여기까지 따라온 걸 보면 앙심을 단단히 품은 모양이라고, 아버지는 요즘 어떻게 지내는지 물었더니 어머니는 잠시 생각에 잠겼다. 곰곰이 생각하고 나서야 알 수 있는 일이라는 듯 천천히 입을 열었다.

"사람들이랑 통 어울리려고 들질 않아."

"아버진 쾌활한 사람이었는데. 그죠?"

"그렇지 않게 된 지도 오래야. 사업을 시작하고 난 뒤에는 혼자 있으려고만 했는걸."

어머니가 말했다.

"하영인 학교생활 잘 적응하니?"

"선생님이랑 좀 트러블이 있나 봐요. 딱히 문제가 생긴 것은 아니고요, 과목별로 편차가 심하기도 하고요. 좋아하는 것만 하려고 해요."

"아이들이 뭐 그렇지."

"신고를 할까요? 아버지가 위험할 수 있어요. 어머니도 그렇고."

어머니가 고개를 저었다.

"그렇게까지 할 거 있니? 그 사람도 여기 놀러 온 걸지 모르는데."

"그렇지 않다는 거 아시잖아요, 어머니. 아까 그 사진들 보셨잖아요. 그 사람 여기 놀러 온 거 아니에요. 우릴 찾아온 거라고요. 자기를 우리한테 보여 주려고요."

어머니의 얼굴이 붉어지더니 발걸음이 빨라졌다. 나는 걸음을 늦춰 아버지와 보폭을 맞추었다.

"아버지, 그 사람이 우릴 따라왔어요."

"알고 있다."

"어떻게 하실 거예요?"

아버지는 묵묵히 걷기만 했다.

"누군가 그놈한테 시킨 거야."

"네?"

"혼자서 그런 생각을 할 위인이 아니라는 뜻이다. 누가 고세영이한테 가르치고 있어. 나를 고소하고 괴롭히라고. 이렇게 저렇게 하라고 코치하고 있는 거다."

"누가 그런 짓을 할까요?"

"그야 모르지. 머리가 아주 나쁜 놈이니까 나한테서 돈을 받으면 결국 그놈에게 죄 뜯기겠지."

"어머니 저기 계시네요."

어머니는 개미굴 전시장 앞에 서 있었는데 표정이 좋질 않았다. 가까이 갔을 때 어머니가 그런 표정을 짓고 있는 이유를 알 수 있었다. 사육 중인 개미들이 모두 죽어 있었던 것이다.

복잡하게 구부러진 개미굴의 단면도를 보여 주는 사육장의 아랫부분부터 개미의 시체가 쌓여 있었다.

"개미들이 얼어 죽었나 봐요."

"이 안에 가둬 놓았으니 죽은 거 아니니?"

어머니가 내 팔을 붙들었다.

"얼었어요."

나는 개미굴 안을 자세히 들여다보았다. 날씨가 영하로 떨어지면서 물이 얼었고 빠져나오지 못한 개미들도 함께 얼어붙어 있었다.

"누가 여기에 물을 집어넣었어요."

"일부러 그랬다는 거야?"

끔찍하다는 듯이 어머니가 인상을 찌푸렸다.

"여기서 빨리 나가고 싶구나."

아버지가 마치 그게 오 년이나 십 년 뒤의 희망인 것처럼 무덤덤하게 말했다.

아버지가 고세영 씨를 대하는 태도에는 이상한 면이 있었다. 아버지가 싫다는데 그가 억지로 찾아온 것은 아니나 고세영 씨가 도움을 주러 올 때에도 아버지가 반겼던 적은 없다. 아버지는 고세영 씨를 마치 하인 부리듯 했다. 실제로 아버지가 고세영 씨에게 도움이 되었던 것도 사실이고, 고세영 씨가 아버지에게 딱히 호감 가는 인물이 아니었던 것도 사실이다. 아버지는 감각적이었고 고세영 씨는 충직했다. 아버지에게 고세영 씨는 믿을 만하지만 의지하거나 마음이 잘 통하는 지기는 아니었다. 좀 더 정확하게 말하면 고세영 씨는 어딘가 모자란 데가 있었다. 날카로운 데가 하나 없이 무딘 고철 같아서 같이 있으면 편안하긴 했지만 재미가 없었다. 아마 비슷한 이유로, 아버지에게 탐탁지 않았던 것과 마찬가지로 여자들에게도 인기가 없었던 것 같다. 그는 독신이었고 어머니 말로는 가족이랄 만한 사람이 딱히 없는 외로운 처지였다.

"젊어서 결혼한 적은 있었나 봐. 금방 헤어졌다더라고. 아이는 제 엄마가 데려가고. 지금은 소식도 모른다더라."

외로운 처지에 아버지를 형처럼 따랐다. 하지만 형은 동생에게 그다지 관심이 없었다. 자기가 필요할 때는 불렀지만 딱히 신경을 쓰지 않았고, 그런데도 동생은 형밖에 없다며 끔찍이 여겼다.

그래도 두 사람 관계에는 크게 문제가 생기지 않았다. 고세영 씨가 아버지의 태도에 민감하게 반응하지 않았기 때문이다. 아버지는 다른 사람들처럼 고세영 씨를 무시하는 발언을 하지도 않았고, 놀리지도 않았고, 괜히 어깨를 치지도 않았으니까.

아버지는 고세영 씨가 왜 갑자기 자기를 대하는 태도를 바꾸었는지 알 수 없었다. 고세영 씨는 어느 날부터 갑자기 말대꾸를 시작하더니 전에는 그냥 넘어가던 일을 따지고 들었고 고집을 부리기도 했다.

고세영 씨가 아파트 입구에서 기다린 지 한 달쯤 되었을 때, 아버지가 고세영 씨를 집으로 데리고 들어왔다. 땡볕에 얼마나 오래 서 있었는지 얼굴이 시커메진 고세영 씨가 어머니가 내민 시원한 물을 단숨에 들이마시고 아버지 앞에 무릎을 꿇고 앉았다.

"내 돈 돌려주세요. 이자 쳐서 돌려주세요."

고세영 씨는 돈을 빌려 줄 때 이자고 뭐고 필요 없다, 형 아우 사이에 이자는 무슨,이라면서 반납 기한도 정하지 않았는데 갑자기 어쩐 일로 마음을 바꿨는지 모르지만 마음을 단단히 먹은 것 같았다.

"왜 갑자기 이러는 거야? 누가 이러라고 시켰나?"

아버지가 물었다. 고세영 씨는 아니라고 했다.

"돈도 돌려주시고 이자도 주세요."

"나도 돈을 만드는 데 시간이 필요한데 갑자기 그러면 안 되지, 이 사람아. 좀 기다려 주면 얼른 갚을 테니 더 이상 얼씬거리지 말고 자네 집으로 돌아가."

"이자도 꼭 주세요."

아버지는 방으로 들어가 버리고 어머니가 고세영 씨를 달래 집으로 돌려보냈다.

"그거야 그 사람 자유 아니겠니?"

어머니가 내 생각이 궁금하다는 듯 물었다.

"여기 와서 자연을 즐기는 걸 뭐라고 하는 건 아니죠. 하지만 고의적으로 우리 뒤를 따라다니고 있고, 그 모습을 일부러 우리에게 보여 주고 있잖아요."

"일부러 그러는지를 어떻게 안다니."

"그럼 그 사람이 우연히 여길 놀러 와서 우연히 우리 옆 테이블에 앉고 우연히 사진에 계속 찍힌다고 생각하세요?"

"네 엄마는 고세영이한테는 늘 저렇게 너그럽단다. 고세영이한테 쓰는 마음을 나한테 반만 써 줘 보구려."

아버지가 마땅치 않다는 듯 말을 보탰다.

"이건 협박이에요, 어머니, 위협이라고요. 꼭 물리적인 폭력이 있어야 피해를 입는 건 아니죠. 정신적인 스트레스도 엄연한 폭력이고요."

"우릴 따라 여길 온 것도 죄가 된다는 얘기냐?"

어머니의 표정은 지난밤 창밖을 통해 본 먼 산처럼 컴컴했다.

아버지는 기념품 숍에서 좀 쉬겠다면서 먼저 내려갔고 어머니와 나는 숲길을 좀 더 걸었다. 나란히 걷던 어머니가 멈춰 섰다. 나는 어머니가 동물이라도 보고 놀란 줄 알았는데 갑자기 화장실에 가고 싶다고 했다. 조금만 더 내려가면 매표소가 나오고 그 옆에 공중화장실이 있었던 게 기억났다.

"얼마나 더 내려가야 한다고?"

"좀 빨리 걸으면 십 분 정도 걸릴 거예요."

"그럼 좀 빨리 걷자꾸나."

하지만 어머니의 걸음은 점점 더 늦어졌다.

"얘, 난 더 내려갈 수가 없다."

어머니가 걸음을 멈췄다. 나는 좌우를 살폈다. 숲길이라지만 관광 목적으로 길을 트고 다시 나무를 심은 식이어서 소변을 눌 곳은 마땅치 않았다. 왼쪽에 글귀가 새겨진 커다란 바위 하나가 있었다. 두드려 보니 진짜 바위는 아니었고 안은 텅 비어 있었다.

"저 뒤로 돌아가요."

어머니가 바위 뒤에 몸을 숨겼다.

"먼저 내려가라. 곧 뒤따라갈게."

바위가 어머니를 완전히 가렸다.

"갔니?"

"갈게요."

"가라."

"네, 가요."

어머니가 원치 않는 것 같아서 발걸음을 빨리 놀렸다. 잠시 뒤에 어떤 남자 둘이서 킬킬대면서 나를 앞질러 뛰어갔다. 나는 그들이 어머니를 보았을까 궁금했다. 그들 뒤를 쫓아가서 왜 킬킬대는지를 따져 묻고 싶었다. 나는 내 생각을 고쳐먹는데, 그들이 킬킬대는 게 어머니가 오줌을 눈 것과 무관하다고 생각하는 데 거의 모든 신경을 기울였다.

아무리 기다려도 어머니는 오지 않았다. 오줌을 누는 데 이십 분 이상이 걸릴 리는 없었고 나는 아버지와 약속한 기념품 숍이 아니라 다시 숲길 방향으로 어머니를 찾으러 뛰어 올라갔다.

주먹을 쥔 손을 앞뒤로 흔들며 멀리서 어머니가 내려오고 있었다.

"먼저 내려가라니까 왜."

립스틱을 새로 칠한 듯 어머니의 입술은 붉은 진홍빛이었다.

"빨리 가요. 아버지가 너무 오래 기다렸어요."

나는 어머니의 운동화 안쪽이 젖어 있는 것을 보았다. 어머니가 산에 숨어서 눈 오줌이, 보지도 않은 오줌 줄기가 곧 우리

196

를 따라 흘러 내려올 것 같았다.

앞서 말했듯이 빈집을 지키던 아버지는 시간을 때우기 위해 어머니가 가져간 물건이 뭔지 생각하며 시간을 보내곤 했다. 단 하나 맞출 수 없는 것이 있었는데 거실 장 한가운데가 비어 있었기 때문이다. 두 분이 화해하고 어머니가 가지고 나온 물건들을 도로 가져다 놨을 때도 거실 장 한 가운데는 여전히 비어 있었다. 그걸 가져간 어머니조차 원래 거기가 비어 있었다는 건 기억하지 못했다. 비워 둔 채로 그냥 둘 수 없어서 아버지는 거기에 책이라도 꽂아 둬야겠다고 생각했다. 헌책방에 팔겠다고 정리한 책들을 베란다에 쌓아 뒀던 것을 기억해 내고 아버지는 몇 권을 꺼내 왔다. 건강서와 소설, 왜 구입했는지 기억나지 않는 과학책도 있었다.

읽지도 않는 책을 왜 갖다 놨느냐고 어머니가 물었을 때 아버지가 거실 장 한가운데가 비어 있는 게 어쩐지 마음에 걸린다고 했다. 어머니는 그게 뭐였냐고 아버지에게 물었다.

"당신이 가지고 나간 걸 내가 어떻게 알아?"

"원래 거기에 뭐가 있었는지 기억이 안 나?"

어머니가 다시 물었다. 그러고 보니 가져간 사람은 어머니였어도 그걸 기억해 내는 건 다른 문제여서, 아버지는 원래 그 자리에 뭐가 있었는지 다시 생각해 내려고 애썼다. 하지만 아무래도 기억해 낼 수 없었다. 기억이 안 나는 건 어머니도 마찬가지였다.

그다음 주에 마트에 장을 보러 갔다가 두 사람은 동시에 눈을 끄는 연보라색 자기 주전자와 찻잔 세트를 구입했다.

"거실 장에 갖다 놓으면 어울리겠는데?"

아버지가 말했고 어머니도 같은 생각이었다.

그러나 막상 주전자 세트를 거실 장에 올려 놓았을 때는 주전자만 지나치게 눈에 띄어 오히려 거실 장이 우중충해 보인다고 느꼈다. 그래서 다시 책을 꽂아 놓았다가 그다음에는 선물로 들어온 아로마 램프를 놓았다. 램프 위에 물을 담아 오일을 몇 방울 떨어뜨리고 양초를 켜면 거실에 은은한 향이 배어들었다. 램프의 한가운데에는 파란 새가 그려져 있었다. 두 사람은 종종 같이 기화법을 이용한 아로마 테라피를 즐겼다. 하지만 새가 그려진 그 램프는 어딘가 거실 장과 어울리지 않았다. 언제라도 더 어울리는 게 있다면 바꾸어 놓아야겠다는 생각이었다.

어머니는 거실 장 한가운데 놓인 향초를 보면 자꾸 고세영 씨 생각이 났다. 사실은 주전자 세트를 갖다 놨을 때도 그랬다. 어머니는 향초를 빼고 다른 걸 거기 놔도 마찬가지일 거라고 생각했다. 거기에 뭘 갖다 놔도 고세영 씨가 생각날 거였다.

어머니는 사건 이후에 누가 무엇을 잘못했는가에 대해서 아버지보다 더 오래 생각했다. 아버지야 어떤 일이 있어도 자신을 방어할 줄 알았고 적당히 남 탓을 하면서 중심을 잃지 않는 사람이었지만 어머니는 어떤 생각이 때로 자기를 무너뜨리는 줄 모르고 빠져드는 사람이었다. 어머니가 고민한 것은 물론 자신에 대해서였다. 아버지가 진짜 고세영 씨를 죽이려고까지 했을까, 하는 문제 역시 어머니를 괴롭힌 것은 사실이었지만 그보다 아버지를 제 형처럼 여겼던 고세영 씨가 이제 홀로 제 삶을 잘 꾸려갈 수 있을지 걱정이 되었다. 무엇보다 어머니 마음에 가장 걸렸던 것은 자신이 고세영 씨에게 했던 말들이었다.

어머니는 고세영 씨에게 아버지처럼 냉정하게 굴 수가 없었다고 했다. 눈길이라도 따뜻하게 보내려고 애를 썼고, 아버지가 퉁명스레 대할 때는 자기가 보상해야 한다는 듯이 더한 친절을 베풀었다. 가끔 반찬을 싸 주기도 하고 이런저런 조언을 하는 일도 생겼다. 어쩌면 그 두 사람이 계속 잘 지낸 것도 자기 탓이 아니었는가 싶어서 그 사람 생각을 하면 영 마음이 좋질 않다고 했다.

어머니는 고세영 씨에게 인연을 맺는 것은 중요한 일이니 해가 되는 관계가 있다면 그만두는 것이 좋다고 했다. 나쁜 일을 당했을 때는 그 마음을 표현하고 수정해 나가라고 했다. 사실 어머니는 아버지가 고세영 씨를 대하는 태도를 탐탁지 않아 했으며, 더 이상 집에 오지 않는 게 좋겠다고 말한 적도 있었다. 어머니가 경찰에게 전화를 받았을 때 진짜 놀란 것은, 자기가 한 말을 고세영 씨가 진짜 실천에 옮기기 시작했다고 느꼈기 때문이었다. 어머니는 자기가 고세영 씨의 공범이라고 느꼈다. 자기가 생각한 것을 실천에 옮기고 노력을 지속해야 한다고 강조하여 말했으니까. 용기를 낸다면 상황을 바꿀 수 있다고 고세영 씨를 부추긴 것은 자신이었으니까. 어머니는 이 모든 일이 어쩌면 자신에게서 비롯된 것일지도 모른다는 생각을 지울 수 없었고 지나가다가 건너편에서 걸어오는 사람들에게서 종종 고세영 씨의 얼굴을 봤다. 때로 표지물 같은 사물이 고세영 씨로 보였다가 다시 제 모습을 찾을 때도 있었다.

어머니는 단지 입구에서 아버지를 기다리는 고세영 씨에게 날씨가 이렇게 추운데 옷을 너무 얇게 입었다고 핀잔을 주고 털 부츠와 주황색 파카를 사다 주었다. 아버지를 괴롭히는 일은 이제 그만두고 본인의 집으로 돌아가서 자기 삶을 되찾으라는 말 대신에 다음 주에는 아버지가 집에 없고 아들과 함께 충청북도 쪽에 개장한 ○○ 리조트로 여행을 가게 될 거라고 행선지를 자세히 일러 주었다.

"돈을 다 받을 때까지는 계속 용기를 내야 해요."

기념품 숍은 산의 입구 쪽에 있었다. 늦은 시간이라 주변은 어두웠고 산 밑의 바람은 세찼다. 몸을 웅크리고 팔짱을 끼고 걷다가 숍의 입구에서 두 사람이 싸우고 있는 것을 보았다.

아버지와 고세영 씨였다. 아버지는 호통을 치면서 고세영 씨의 어깨를 자꾸 손으로 밀쳤다. 고세영 씨는 조금씩 뒤로 물러서면서 고개를 숙였는데 울고 있는 것 같았다. 아버지는 그것으로는 성이 차지 않는다는 듯이 이번에는 고세영 씨의 멱살을 쥐었고 세차게 흔들었다. 아버지가 주먹을 흔들 때마다 고세영 씨의 몸이 따라 흔들렸다.

"도망쳐야지. 왜 그렇게 맞고 있지? 어서 도망쳐. 아니면 한 댈 치든가."

어머니가 고세영 씨를 향해 분통을 터뜨렸다.

우리 두 사람은 아버지를 향해 달려갔다.

"아버지, 대체 왜 이러세요. 이분이 아버지한테 뭘 어떻게 했어요?"

"이런 녀석은 혼이 나야 돼. 아주 혼쭐이 나야 정신을 차린다고."

아버지가 부들부들 몸을 떨었다.

"이 사람이 아버지한테 어떻게 했냐고요?"

아버지가 나를 쏘아보았다.

"네가 뭘 안다고 참견이냐? 뭘 봤다고 이래?"

아버지가 나를 향해 돌아서는 순간 고세영 씨가 잽싸게 도망쳤다. 고세영 씨가 몸을 돌릴 때 그의 얼굴이 일시에 밝아지는 것, 그리고 입가에 순식간에 번지는 미소를 보았다. 나는 내가 잘못 걸려들었다고 생각했다. 고세영 씨의 표정은 내가 예상한 것과 전혀 달랐다. 그의 입에서 전에 한 번도 들어 보지 못한, 새소리를 닮은 웃음이 새어 나왔다.

고세영 씨의 양팔이 앞뒤로 세차게 흔들렸다. 그는 사람들이 붐비는 매점 쪽으로 냅다 달렸고 아버지는 그를 쫓아갈 생각도 못 한 채 후들거리는 다리를 붙잡고 욕을 하기 시작했다.

"도대체 무슨 일이에요? 일단 식당으로 가요."

나는 아버지의 팔을 잡아끌었다. 아버지가 휘청, 중심을 잃었다가 자리를 잡았다. 나는 아버지의 옷이 축축하게 젖어 있다는 것을 그때야 알았다. 해가 진 뒤여서 형태만을 확인할 수 있었고 물에 젖어 진해진 색깔은 전혀 눈에 띄지 않았던 것이다. 아버지는 화가 나서 몸을 떨고 있던 게 아니라 너무 추웠기 때문에 떨고 있었다. 머리까지 완전히 젖어 있었다.

"아니, 이게 무슨 일이에요? 저 사람이 왜 아버지한테 이렇게 한 거예요?"

나는 아버지의 팔을 끌어다 부축을 했다. 그러나 아버지는 그런 꼴을 당한 걸 내게 보인 것도 견딜 수 없다는 듯이 팔을 뿌리쳤다.

"숙소로 가요. 얼른 옷을 갈아입어야겠어요."

아버지와 나는 숙소를 향해 방향을 틀었다. 어머니는 욕조에 뜨거운 물을 받아 놓겠다며 먼저 숙소로 뛰어갔다. 아버지와 나는 아무 말 없이 걸었다.

엘리베이터에 올라타자 젖은 옷은 더 확실히 눈에 띄었다. 함께 엘리베이터에 탄 남자가 아버지를 힐끗 쳐다보더니 벽에 어깨를 기댔다. 그리고 그게 자기 생의 유일한 의무라는 듯 천천히 다리를 떨기 시작했다.

라디오를 좋아해?

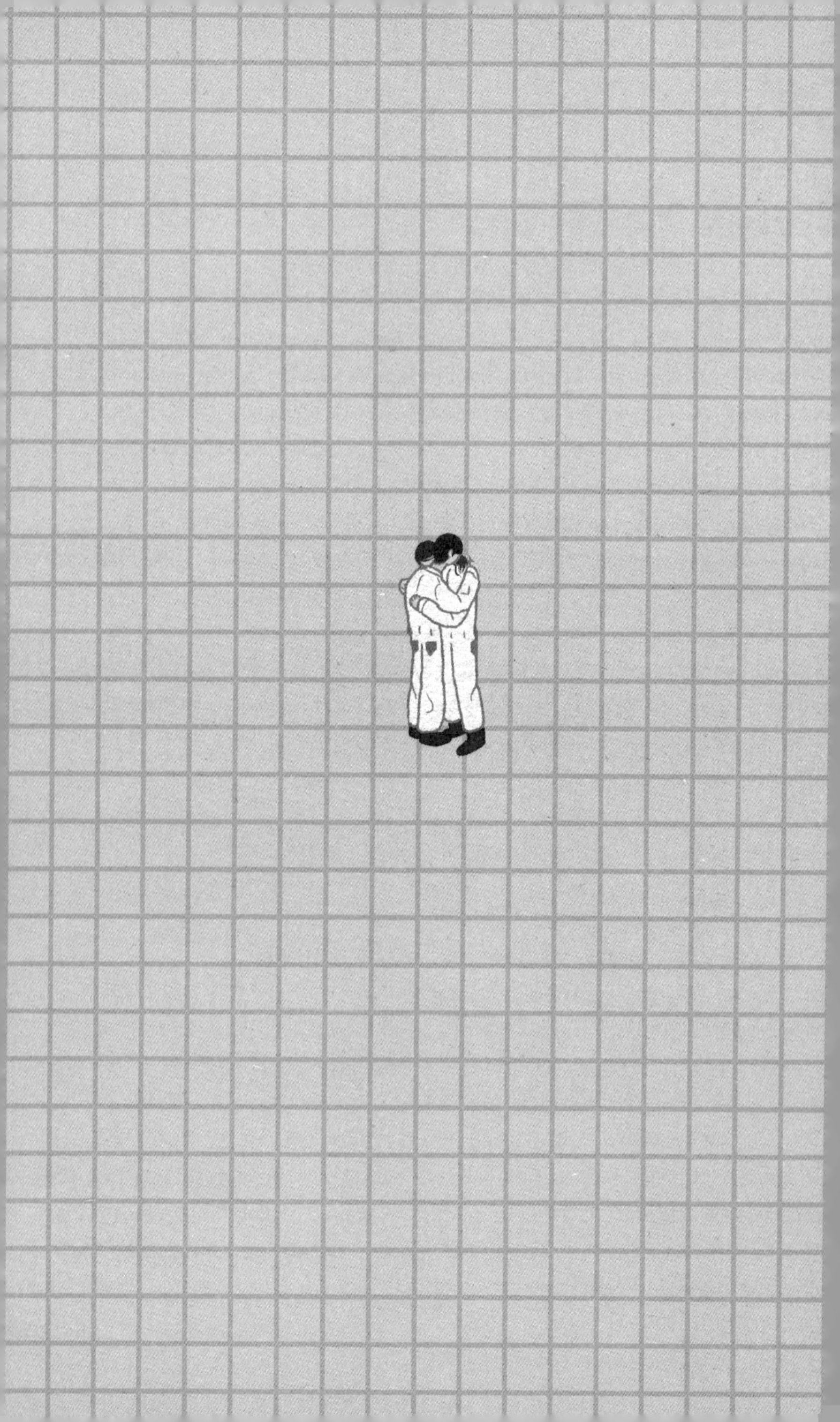

문을 잠그고 변기에 앉았을 때, 화장실 복도에서 여자들의 목소리가 들려왔습니다. 둘 중 한 사람이 선생인 것 같았어요. 오늘 첫 수업을 했다고 하자 다른 이가 축하한다며 수업이 어땠는지 물었습니다. 그럭저럭 나쁘지 않았다고 여자는 다소 들뜬 목소리로 대답했어요. 난 이제 끝장이구나 싶었지요. 여자 화장실에 잘못 들어온 모양이었습니다. 두 사람이 나가기만을 기다렸지만 대화는 끊이지 않고 이어졌습니다. 얼마나 가슴을 졸였는지 몰라요. 그러잖아도 중동인에 대한 시선이 냉랭한데 여자 화장실이라니, 성범죄자로 오해받기 딱 좋은 상황이었습니다. 그래도 변기 칸에 들어와 있는 것을 감사히 여기고 숨을 죽여 여자들이 나갈 때까지 기다렸어요. 인기척이 사라진 뒤에 잽싸게 문을 열고 밖으로 뛰어나왔는데, 표지를 보니 남자 화장실이 맞았어요. 내가 아니라 여자들이 잘못 들어온 겁니다. 마음은 놓였는데 화가 나기도 하고 서글픈 생각도 들었어요. 불쾌하고 두려워하는 시선의 대상이 된다는 것, 그게 내 일상이라는 것이 한스럽습니다.

다시 듣기로 오늘 방송분을 듣는데 마지막 부분에서 내가 너무 감정 이입했다는 생각이 들어 얼굴이 붉어졌다. 차분하고 침착한 톤으로 읽었다고 기억하는데, 지나치게 감정이 실렸다.

기억 속의 멘트와 재생한 멘트 사이에는 간극이 있다. 감정을 잔뜩 실었다고 생각했는데 밋밋하게 지나간 부분이 있고, 작은 소리로 물었다고 생각했는데 톤이 높아진 경우도 있다. 내가 했는지 기억 안 나는 경우도, 말했다고 기억하는데 하지 않은 멘트도 있다. 진행하는 방송을 다시 듣기 해 본 이후부터는 내 기억을 전적으로 믿지 않게 되었다.

내가 진행하고 있는 프로그램의 제목은 '라디오를 좋아해'. 노골적이고 촌스러운 제목이라고 생각하면서도 손뼉 치는 시늉을 하면서 심플하고 발랄해서 마음에 드는데요, 찬성 한 표, 라고 말해 버렸다. 녹음실은 a103호로 정문 바로 옆에 있는 가장 작은 방이다. 방음이 된다는 것 외에는 사실 이렇게 평범한 곳에서 라디오 방송이 만들어진다는 게 의아할 만큼 일반 사무실과 별다를 게 없다.

마음에 드는 게 하나 있다면 유리창 밖으로 꽃잎을 터뜨리는 나무들. 멘트 사이사이마다 긴장을 가라앉히기 위해 나무들에게 자주 시선을 주곤 했다. 오십 년도 더 된 굵직한 나무들을 바라보면서 오늘도 무사히, 실수 없이,라고 되뇌며 마음을 가라앉힌다. 한번 말이 꼬이기 시작하면 여지없이 실수가 반복되니까.

이우희 작가 대본과 내 호흡이 잘 맞지 않는 것 같다. 어쩐지 대본에 잘 이입이 되지 않는다. 나는 그녀의 글에 대해 약간의 의심을 가지고 있다. 그 의심이 무어냐고 물으면 말하기가 좀 곤란해진다. 짐작일 뿐이다. 어쨌든 이우희의 글을 읽으면 '이 사람, 라디오를 좋아하긴 하는 걸까?' 하는 의문이 든다. 지나치게 적절한 이야기들로만 가득해 오히려 허망함을 불러일으킨다. 어떤 단어를 발음해도 뭔가 빠져 있다는 느낌이다. 연습하고 연습해도 도통 입에 붙지 않는 문장들 때문에 한숨이 나온다.

전화벨이 울렸다. 나경이겠지, 뭐. 한바탕 말들의 잔치가 끝나고 고요해진 침묵의 시간을 즐기고 싶어서 전화받는 걸 보류하고 창가에 섰다. 이제 막 기지개를 켠 봄볕이 녹음실의 대리석 바닥, 나무 책상, 정수기 위에 놓아둔 컵 받침대 곳곳에 스며들었다.

벨은 두어 번 더 울리다가 멈췄다.

'같이 살고 난 뒤로 넌 변했어. 예전처럼 내게 다정하게 말하지 않아.'

문득 나경의 투정이 생각나 웃음이 나왔다.

나경과의 동거는 의외로 어렵지 않았다. 나의 가족들은 그녀와 내가 연인 사이라고는 상상도 하지 않았던 것이다. 성인이 되어서야 스스로의 성적 지향에 대해서 알게 된 나와 달리 나경은 중학교 때부터 여자 친구를 사귀었고, 그녀의 가족들도 그 사실을 알고 있다. 문제아 취급을 받았고 지금도 그 시선에서 자유롭지 못하지만, 어쩌면 그편이 더 정직한 관계가 아닌가. 가족들은 나와 나경을 향해 웃어 주지만 진짜 우리 관계를 모르고 있으니까, 그 다정한 웃음이 우리에게 쏟아지는 것은 아니라고 생각했다.

나의 가족들은 티브이에서 동성애에 관한 방송을 하면, 교육상 좋지 않다며 조카가 보지 못하도록 다른 채널을 틀었다. 보수적인 사람들이라 사실을 알면 가만두지 않겠지,라는 씁쓸한 마음을 서랍 깊은 곳에 넣어 두듯 숨기고 "그래요, 다른 채널에서 여행 프로그램 하는데 그거 봐요."라고 거들었다. 그러곤 가족들은 나에 대해 모르고 나는 그들에게 솔직하지 못하다고 생각해서 마음을 웅크린 채 열지 않았다.

하지만 마찬가지로 엄마나 오빠에게도 내가 모르는 다른 부분들이 있을 것이다. 나 또한 꽤 오랜 시간을 함께 보냈다는 이유만으로 가족들을 다 안다고 생각하고 있지는 않은가. 나역시 엄마의 비밀과 오빠의 고통을 모두 아는 건 아니지. 그래도 그들을 향한 내 다정함이 거짓은 아니니 그 반대도 마찬가지일 것이다. 그러니 가족들이 내게 다정했을 때 다정함을 마음껏 받아도 좋았을 것이다.

그날의 다정함은 그날의 다정함으로 충분하다. 만약에 엄마와 오빠가 내가 레즈비언이라는 것을 알았고 그럼에도 불구하고 나와 나경에게 다정하게 웃어 주었다면 어땠을까? 그건 정말 온전한 다정함일까?

그렇지 않다.

나는 레즈비언이다. 하지만 레즈비언이기만 하지는 않다. 레즈비언이 아닌 다른 부분도 있고, 그 모든 것을 가족들이 알지는 못한다. 내가 레즈비언이라는 걸 가족들이 모른다고 해서, 다정함이 가짜라고 거부할 필요까지는 없었다.

볕이 조금씩 따가워지기 시작했다. 개편되고 한 달쯤 지난 시점에 멤버들끼리 모여 간단히 평가를 했다. 다들 대본에 대해 한마디 정도는 할 줄 알았지만 피디는 그만하면 처음 치고 나쁘지 않았다고 오케이를 해 버렸다. 조연출이 특히나 오늘 방송분은 너무너무 좋았다면서 호들갑까지 떠는 통에 전하려고 체크해 둔 몇 가지 사항을 들이밀어 보지도 못하고 도로 가방 안에 넣었다.

"수고들 하셨습니다. 모두 잘들 들어가고 다음 주 중에 날 잡아 밥 한번 먹읍시다."

피디는 다음 타임 방송이 바로 이어진다며 녹음실을 나가고 보조 작가는 미팅이 있어 먼저 가 보겠다며 사라졌다.

나와 이우희, 두 사람이 남았다.

얘길 할까?

여럿이 있을 때보다 둘이 있을 때 말하는 게 덜 부담스럽지 않을까?

그 반대일지도 몰랐다. 공식적인 평가 자리가 있었는데 따로 말하면 간섭이나 개인적인 불평이라고 느낄 수도 있다. 결국 입을 열지 못했다.

"그럼 저도 이제 가 볼게요."

낯을 가리는 성격인가 보았다. 이우희는 나와는 눈도 안 마주치고 혼잣말하듯 중얼거린 뒤에 사라졌다.

이우희의 책상 속을 뒤지려는 생각은 해 본 적도 없었다. 하지만 혼자 남은 녹음실에서 나는 자연스럽게 서랍을 열고 이것저것 들추어 보았다. 샤프 대신 연필을 쓰고, 색깔 볼펜들은 다 파스텔 톤이다. 캐릭터가 그려진 메모 스티커들을 애용하는 모양이었다. 안 어울리게,라고 중얼거리는 내 말투가 전에 없이 차갑게 느껴져 스스로 놀란다.

별생각 없이 뒤적거리다가 노란 고무 밴드에 묶인 전단지 뭉치를 발견했다. '하나님은 왜?'라는 글귀 아래쪽에 예수의 얼굴이 인쇄되어 있었다. 하단 한가운데에는 성인 남녀가 손을 맞잡고 미소를 짓고 있었다.

종교가 있는 사람 같지 않았는데 기독교도인 모양이었다. 사람을 통 정면으로 바라보는 일이 없는 우희를 떠올렸다. 얼굴을 마주 보면 큰일이라도 나는 사람처럼 늘 옆얼굴만 보여 줬다. 약간 비스듬한 각도로 고개를 숙이고 있는 측면.

어느새 서랍 깊숙한 곳까지 손이 들어갔다. 교회에서 찍은 사진들이 잔뜩 있었다. 연단과 촛대, 일렬로 늘어선 긴 나무 의자들, 천장에는 성경의 내용을 그린 그림들이 붙어 있었고, 환한 볕이 두꺼운 유리창을 통과해 제 밝기를 누그러뜨리며 부드럽게 쏟아져 들어오고 있었다. 사람들은 남녀노소 연령대가 다양했는데 생김새는 다양했어도 마치 일가처럼 보였다. 검소해 보이는 차림새에 비슷비슷하게 온화한 미소를 짓고 있었다. 우희도 녹음실에서 보여 주는 새초롬한 모습과는 달리 느긋하고 편안한 모습이었다.

그 모습을 보면서도 나는 똑같은 의문에 사로잡혔다. 어떤 근거도 댈 순 없지만 그 생각이 나를 강하게 사로잡고 놓지 않았다.

'우희 작가가 정말 라디오를 좋아할까?'

나경과 함께 살아온 오 년 동안 단 한 번도, 그녀의 일기를 읽고 싶다는 욕망은 가져 본 일이 없다. 나경과 나는 사랑하는 사이고 함께 살면서 꽤 많은 것을 공유하고 있지만 우리 둘 다 서로가 보여 주지 않는 영역에 대해서 굳이 파헤치려 들지는 않았다. 다른 사람들에게와 달리 내가 나경에게 마음을 열 수 있었던 것도, 우리 두 사람이 오랫동안 만족스러운 관계를 유지할 수 있었던 이유도 그 때문인지 모른다.

나경은 회식 때문에 늦을 테니 기다리지 말고 먼저 자라고 했다. 그러겠다고 대답하고 전화를 끊은 뒤 레모네이드를 만들었다. 요즘 에이드 만들기에 한창 재미를 붙여서 밤마다 한 잔씩 마시고 잤다. 덕분에 한 달 만에 1킬로그램이 쪘고 아랫배에 살집이 붙었다. 그래도 멈출 수 없었다.

레몬을 짜고 소다를 조금 넣어 탄산을 즐기다가 자연스럽게 나경의 책상 앞에 이끌리듯 섰다. 나뭇결 무늬를 그대로 살린 레드파인 책상에는 붉은색 가죽 천으로 장정을 한 일기장이 놓여 있었다. 커버는 붉은 고무줄로 매여 있었는데 그래서 더 열어 보고 싶었는지도 모르겠다. 우희의 서랍 속을 훔쳐보았듯이 나경의 일기를 들고 읽어 내려갔다. 탄산의 톡 쏘는 맛도 레몬의 새콤한 맛도 잘 느껴지지 않았다. 우희의 서랍을 훔쳐본 것과 달리 나경의 일기를 읽은 것은 나에게 치명타를 던졌다. 나는 레모네이드를 일기장에 흘렸다. 정확하게 내가 읽은 그 페이지에 얼룩을 만들었다. 얼룩이 번지는 순간 느꼈던 당혹스러움이 나와 헤어지고 싶다는 나경의 글을 읽은 충격을 뭉그러뜨렸다. 잉크가 번지면서 글자들이 흐릿해지는 것을 속수무책으로 바라볼 수밖에 없었다.

그날 밤 나경은 늦게 들어왔다. 잠이 들지 못했지만 깨어 있는 척하지 않았다. 나경이 문을 열고 들어오는 소리, 신발을 벗어 정리하고 방으로 가는 모습, 약간 오른쪽으로 고개를 기울이고 걸어 들어가는 좁은 보폭 같은 것들이 보지 않아도 머릿속에 환하게 그려졌다. 전과 달라진 점이 있다면 나경이 들어간 방에는 내가 몰래 읽은 일기장이 있고, 그 일기장에 그녀가 나와 이제 헤어져야겠다는 결심이 담겨 있다는 점이다. 그리고 그 결심 위에 말라붙은 레모네이드 자국. 잠시 후에 나경이 일기장을 집어 던지는 소리가 들렸다.

그날 밤은 잠이 들지 못할 거라고 생각했는데 금방 곯아떨어졌다. 다음 날 일어나선 어떻게 나경의 얼굴을 보나, 생각했는데 아무렇지도 않았다. 우리는 전날과 똑같이 밥을 차려 먹고 마주 앉아 차를 마시며 수다를 떨었다. 주로 나경이 떠들고 나는 듣는 쪽이었다. 부서에 신입이 들어왔는데 채식주의자라고 했다.

"그 채식주의자는 자기는 페미니스트들이 채식을 하지 않는 것에 대해서 의문을 갖고 있다고 했어."

"페미니스트랑 채식이랑 무슨 관계가 있다는 거야?"

"평등을 말하면서 동물권을 아무렇지 않게 침해하는 것은 모순이라는 거지. 살생을 하면서 어떻게 평등을 말할 수 있는가? 뭐 그런."

나경은 의아한 얼굴로 허공을 바라봤다. 그 사람이 그런 표정을 짓고 있었던 모양이다. 나경은 성대모사와 제스처를 그대로 따라 하는 재주가 있었다.

"근데 생각해 보니까 정말 그렇더라고. 나도 평등의 범위가 인간에 한정되어서는 안 된다고 생각해. 하지만 나를 포함한 한국 사람들 상당수가 삼겹살을 먹잖아. 퀴어 문제에는 민감하게 반응하지만, 동물권에 대해서는 아주 평범한 인간인 거야. 머리로는 고갤 끄덕이지만 실천은 전혀 되질 않아. 어떤 사람들은 아주 민감하게 받아들이는 문제가 다른 어떤 사람에게는 무감각한 일이고, 익숙하고 자연스러운 생활의 한 부분이라는 거, 그게 서로를 아프게 하는 거지. 편견이라는 것. 색안경을 끼고 보는 게 편견일까? 자신의 위치에서 자신의 눈으로 그저 자연스럽게 보고 행동하는 게 편견이야. 우리 상황도 마찬가지잖아. 우리한테는 너무 아픈 문제인데 다른 사람들은 자기 기준에서 보고 쉽게 말하지. 쟤네들 남자한테 상처받아서 저렇게 된 거야, 양육 방식에 문제가 있었겠지,라는 식으로. 변태라고 생각하거나 그 반대로 어떤 사람들은 내가 신과 같은 숭고한 사랑을 하고 있다고 생각해. 난 그게 더 부담스럽더라고."

난 아무 대답을 하지 못했다. 나경이 하는 말은 귀에 들어

오지도 않았다.

"난 늘 내가 편견의 피해자라고 생각했지만, 나도 똑같은 편견을 가지고 있다는 것. 그거 너무 이상한 기분이야."

나경은 거침없이 이야기를 계속했다. 난 건성으로 고개를 끄덕였다. 삼겹살과 성평등의 상관관계에 전혀 집중할 수 없었다. 일기장에서 읽은 얘기들이 머릿속을 뱅뱅 돌 뿐이었다.

"알면서도 벗어 버리기 어려워. 쉽지 않은 문제야. 이렇게나 다른 우리들이 어떻게 서로를 이해할 수 있을까? 그런 방법이 있기나 할까?"

이야기가 길어지는 바람에 둘 다 지각을 하게 생겼다. 운동화를 제대로 신지도 못하고 헐레벌떡 계단을 뛰어 내려갔다. 시동을 거는 동안 나는 대본을 확인하고 나경은 휴대폰에서 눈을 떼지 않았다. 꽤나 진지한 표정으로 누군가에게 답문을 보냈다. 나도 대본에 집중했다. 익숙해지려고 노력하는데도 여전히 마음에 들지 않았다.

"요즘에 무슨 문제 있어?"

나경이 나를 본다. 한숨부터 나왔다.

"대본 작가가 바뀌었는데 마음에 들지 않아."

"어떤 면에서?"

"작가가 라디오를 좋아하지 않는 거 같아."

"그 사람이 그래? 라디오가 싫다고?"

"내 생각이야. 대본을 읽어 보면 알 수 있잖아. 라디오에 관심이 없어, 이 사람."

"대본에 라디오를 좋아하지 않는다고 쓰여 있는 게 아니라면 그걸 어떻게 알아? 라디오랑 안 맞는 건 너 아니냐? 내가 보기에 넌 대중적인 감수성이라고는 1퍼센트도 없는데."

나는 진지하게 이야기를 꺼냈는데 나경은 농담으로 이야기를 돌려 버렸다. 늘 이런 식이다. 불만을 갖고 있지만, 사실은 나경의 이런 면을 좋아하고 있는지도 모른다.

"라디오는 내 천직이야. 난 라디오를 좋아해."

"뭐 우린 오 년밖에 안 만났으니까. 사실 난 너에 대해서 아직은 잘 몰라. 미안."

나경이 고개를 힘없이 떨어뜨리는 능청스러운 연기를 했다. 한 대 때려 주려다가 참았다. 나경이 나를 회사 앞에 내려 주었고 우리는 손을 흔들며 헤어졌다. 마치 친구 같았다.

그날 저녁 나경은 내가 좋아하는 대하를 잔뜩 사 가지고 들어와 찜을 만들어 주었다. 둘이 마주 보고 앉아 영화를 보면서 대하찜을 먹었다. 와인도 곁들이고 나름대로 분위기가 좋았다. 그래도 마음속에서 일기 내용을 쫓아낼 수 없었다. 헤어지는 순간이 올 때까지 함께 있는 시간을 즐기자고 생각하며 대하를 씹었다. 대하가 너무 맛있는데 그게 너무 이상했다. 나경과 헤어지는 일을 앞두고도, 대하가 맛있을 수 있구나. 그럴 수 있었다.

218

"너 오늘 방송 좋더라. 일부러 들으려고 찾아 들은 건 아니고 진짜 우연히, 편의점에 들어갔는데 니 방송이 나오고 있었어. 신기하데."

나경은 아침에 내가 했던 말이 떠올라 멘트를 유심히 살펴 들었다고 했다. 대본도 읽었지만 들으니까 느낌이 또 달랐다고 했다.

"아름다웠어. 난 원래 라디오 여간해선 안 듣는데 그렇게 일상적인 곳에서 들으니까 남다르더라고. 살짝 건조한 멘트가 좋던데. 간혹 전혀 예상하지 못한 데서 유머가 있고. 너 혹시 그래서 싫은 거 아니야? 너 유머가 없잖아. 진지병이잖아."

나경은 어떤 대목에서는(내가 유치하다고 생각한 멘트 같았다)페트병에 담긴 음료의 뚜껑을 딸 때 탄산 가스가 나오는 소리랑 비슷한 웃음소리를 내며 웃었다고 했다. 사람들이 한꺼번에 쳐다보는 바람에 얼굴을 들 수 없었다고도 했다.

나경이 웃었다는 이야길 듣고 나는 좀 당황했다. 전부터 유머 감각이 결여되어 있다는 얘기를 자주 들었고, 박 피디도 웃길 땐 좀 제대로 웃겨 달라고 요청했던 게 떠올랐다. 잘되지 않았다. 난 원래 웃음이 없고, 농담을 잘 알아듣지 못했다. 애초에 그랬다. 코미디에 몰입하지 못하는 사람.

"내가 보기에는 평범한 대본이야. 아주 일반적인 진행이라고. 멘트가 너랑 잘 맞지는 않는 거 같더라. 근데 내가 전부터 말했잖아. 너 라디오랑 잘 안 맞는 거 같다고. 다큐멘터리 같은 거 해 봐. 내가 보기에 넌 다큐멘터리랑 딱 어울려."

나는 힘이 빠졌다. 라디오를 전혀 좋아하지 않는 사람의 대본인데 아무도 그걸 알아보지 못하고 있다.

"왜 그래, 대체? 그 사람 뭐가 그렇게 맘에 안 드는 건데?"

대답할 말이 없다. 지금 당장 설명할 순 없지만 분명히 난 알고 있다.

이우희는 라디오를 좋아하지 않는다.

박 피디와는 일 년 동안 호흡을 맞춘 사이다. 다소 깐깐했지만 공정한 시선을 잃지 않는다는 미덕을 갖추고 있었다. 특별히 박 피디를 좋아하는 사람은 없었지만, 반대로 싫어하는 사람도 없었다. 제법 공정한 시선을 갖추고 있어서 누구에게도 편향되지 않게 골고루 배려하는 스타일이다. 신뢰할 만한 사람이라 여기고 나는 이번 일을 박 피디와 상의하기로 했다.

박 피디는 벤치에 앉아 시선을 아래로 살짝 내리깔고 고개를 끄덕여 가며 이야기를 들었다.

"음. 그러니까 명주 씨 얘기는 대본이 마음에 안 찬다는 거네?"

"아니, 그게 아니라. 내 마음에 들지 않는다는 게 아니라요, 피디님은 못 느꼈어요? 정말?"

박 피디는 고개를 갸웃하더니 한숨을 길게 내쉬었다.

"느꼈어."

나는 너무 반가운 나머지 박 피디를 안을 뻔했다.

"느꼈죠? 대본 이상해. 문제 있다니까."

"근데 명주 씨랑은 생각이 좀 달라. 난 내가 느낀 그 느낌 신뢰 안 해요."

"그게 무슨 소리예요?"

"나도 우희 씨 감성이랑은 잘 안 맞아서 대본이 내 마음에 쏙 들지 않지만, 그 느낌으로 뭔가 판단하지 않아요. 명주 씨도 잘 생각해 봐요. 왜 반감을 가지게 되었는지. 지금 들은 얘기로 봐선 그냥 느낌이야. 근거가 명확하지 않다면 그 느낌을 털어버리는 쪽으로 마음을 움직여 보라고."

박 피디마저 상황을 제대로 보지 못하고 있다는 생각에 한숨이 나왔다. 박 피디는 나를 보더니 피식 웃으며 자동판매기 앞으로 걸어갔다.

"커피 한잔할래?"

"전 커피 못 마셔요."

"내가 깜빡했네."

박 피디가 옆자리에 앉았다.

"난 명주 씨처럼 커피 못 마시는 사람이 있다는 걸 알지만 왜 그러는지 느낄 수는 없어. 그렇다고 커피 못 마시는 사람들이 이상하다거나 문제가 있다고는 생각 안 해. 난 커피를 좋아하고 즐기는 사람이지만 명주 씨가 커피 못 마시는 이유를 이해하고 있진 않아. 오늘처럼 가끔 잊어버리기도 하고, 그걸 내가 꼭 알 필요도 없고. 그냥 그 사람 커피를 못 마시는구나. 권하지 말아야지. 커피 말고 뭘 좋아하지? 홍차? 그 정도에서 멈춰. 그러다 어느 날 잡지에서 커피 카페인에 반응하는 유전자가 있고, 홍차 카페인에 반응하는 유전자가 있다는 기사를 읽었어. 아, 그렇구나. 그 사람들은 그렇게 태어난 거구나. 커피를 못 마시는 것도 이미 정해져 있는 일이라는 걸 알게 되지."

커피를 안 마신다고 할 때마다 겪어야 했던 반응들이 떠올랐다. "커피 안 마신다고? 전에도 그런 사람 본 적 있어." 하면서 별종 보듯 하던 시선이 부담스러웠다. 어째서 취향 문제는 죄다 일반적이지 않은 걸까, 하며 나 자신이 마음에 들지 않았던 순간들.

"명주 씨가 우희 씨 거슬리는 것도 그런 이유일 수 있어."

"거슬리는 게 아니에요. 전 대본 얘길 한 거예요."

"멘트 좋다는 청취자 의견도 많아. 육 개월마다 개편인데 이런 작가 저런 작가 한두 번 만나 봐?"

박 피디가 왜 이우희 편을 드는지는 알 수 없는 일이다. 박 피디는 커피를 들고 천천히 복도를 지나 회의실로 들어갔다. 경쾌해 보이는 뒷모습이 부러웠다.

'내가 엉뚱한 트집을 잡고 있는 걸까?'

나는 천천히 고개를 저었다.

'아니야, 박 피디도 잘못 보고 있어. 이우희는 라디오를 좋아 하지 않아.'

거리에서 이우희를 만난 건 이우희가 「라디오를 좋아해」에 합류하고 두 달 정도 지난 뒤다. 나는 나경의 생일 선물을 사러 매장에 가는 길이었다. 선물은 나경이 정해 줬다. 디자인까지 자기가 정해 놓고 쿠폰을 주면서 할인을 받아서 사 오라고 했다.

매장에 가는 길에 나는 어떤 남자와 이우희가 지하철역 앞에 서 있는 것을 보았다. 이우희는 방송국에 올 때와는 다른 복장이었다. 스트레이트 면바지에 체크무늬 갈색 블라우스. 어깨에는 작은 가방을 메고 손에는 전단지를 들고 있었다. 전단지에는 '하나님은 왜?'라고 쓰여 있었다.

우희에 대한 나의 적개심의 정체가 너무 간단히 밝혀졌다. 나는 거리에서 전도하는 기독교도들을 혐오했다. 나는 그들에게 정신적으로 문제가 있다고 생각하고 있었다. 물론 그 생각이 잘못되었다는 것을 알고 있고, 그래서 누구에게도, 나경에게조차 말해 본 적이 없지만 기본적으로 종교에 대해 반감이 심했다. 특히 소수 종교에 대해서는 미신이라고 여겨 더더욱 깔보는 마음을 가지고 있었다. 이 마음에 대해서 한 번도 진지하게 들여다본 일이 없었다. 이우희가 나타나기 전까지 그들은 내 주변에 없었다. 나는 그들을 그냥 스쳐 지나가면 되었다.

그리고 지금 이우희는 5미터 정도 앞에 서 있었다.

나는 일부러 이우희와 마주치도록 각도를 조절해 걸었다. 우희는 나를 알아보았고 잠시 망설이는 듯 보였는데 내가 미소를 짓자 그녀도 웃으며 걸어왔다. 우희는 잠시 망설이다가 다른 이들에게 그랬듯이 내게 전단지를 내밀었다. 그리고 나는 웃으며 그걸 받아 들었다.

그리고 전단지를 받자마자 바닥에 버렸다. 내가 왜 그렇게까지 하는지 스스로도 이해하지 못하면서 바닥에 떨어진 전단지를 밟고 섰다.

우희는 잠시 당황해하다가 물러섰다. 나는 가던 길을 계속 갔다. 나경이 일러 준 매장에 도달했고, 쇼윈도에는 그녀가 휴대폰 화면으로 보여 준 상품이 걸려 있었지만 그걸 살 수 없었다. 나경이 준 쿠폰을 바닥에 버렸다. 그리고 그걸 밟아서 못 쓰게 만들어 버렸다.

쿠폰을 잊어버렸다고 거짓말을 하고, 나경에게는 향초와 립스틱을 사 줬다. 나경은 자기가 알레르기 때문에 향초를 쓰지 않고, 화장도 하지 않는다는 것을 알면서 왜 이런 걸 선물로 줬느냐고 따졌다. 하지만 나는 나경이 저토록 당당한 이유를 알 수가 없다. 자기는 선물을 지정해 줬는데 엉뚱한 것을 사 온 행동이 이해가 가지 않는다며 화를 냈다. 화를 내는 나경을 보자 준비하지도 않은 말이 튀어나왔다.

"나도 너 이해 못 해. 그러니까 헤어지자고. 우리."

나경이 놀란 눈으로 나를 본다.

"너 그 말 하려고 이걸 나한테 준 거야?"

"선물이고 뭐고 상관없고, 헤어지자. 이제 그만."

나경은 어깨를 으쓱한다.

"너 영수증은 갖고 있지? 이거 현금으로 바꿔서 나 그 가방 살 거야. 그래도 되지?"

"죄송합니다. 1부에서 방송한 『도리언 그레이의 조상』은 『도리언 그레이의 초상』으로 정정합니다."

보기 좋게 한 방 먹었다. 우희는 실수라고 하지만 나는 그게 고의라고 생각한다. 일부러 나를 당황시키려는 의도다. 그렇지 않고서야 그런 오타를 넣을 이유가 없다. 그 책, 영문과를 나온 사람이라면 구구단처럼 달달 외우고 있다고 알고 있다.

"미안해요"

나는 형식적인 대답을 돌려주었다.

"괜찮습니다."

이우희가 나를 바라보았다. 그리고 화해를 원한다는 듯 미소 지었다. 이제 피장파장이라는 건가. 아니면 내게 사과할 기회를 주는 건가. 하지만 아무래도 내 쪽에서는 웃음이 나오지 않았다. 문을 세게 닫고 녹음실을 나왔다. 방송국 앞마당에는 봄이라 여기저기 환하게 꽃나무들이 서 있었다. 그 나무들을 볼 자격이 내겐 없는 것처럼 느껴져서 속력을 내어 마당을 달려 나왔다.

나 어째서 이 정도밖에 안 되는 걸까? 이런 내가, 사람들에게 나에 대한 편견을 멈춰 달라고 말할 수 있는 걸까?

자리에 멈춰 서서 방송국 건물을 향해 돌아섰다. 녹음실 유리창을 바라보았다. 그곳에 서서 자주 운동장을 내려다봤지. 하지만 운동장에서 녹음실을 본 적은 없다. 좀 더 멀리서 나를 바라볼 수 있다면 이토록 혼란스럽지는 않았을 텐데. 왜 나의 모습은 스스로 볼 수 없게 되어 있을까? 왜 다른 사람들을 내 시선을 통해서밖에 보지 못할까? 우리가 어떻게 서로를 이해할 수 있을까? 판단할 수 있을까?

대문까지 걸어가면서 여러 생각을 했다. 머릿속이 복잡해져서 더 움직이기가 어려울 정도였다. 하지만 내 진심은 하나였다. 그저 확고하게, 아주 오래된 침대가 그 밑에 먼지들이 쌓인 것도 모른 채 몇 년 동안 방 한구석을 꿋꿋이 지키듯이, 선명하고 묵직하게 자리 잡고 있었다.

'이우희가 방송국을 그만뒀으면 좋겠다.'

방송국 생활이 엉망이 된 건 다 이우희 때문이다. 더 이상 그 문제를 생각하고 싶지도 않다. 나도 이 미움을 멈추고 싶다. 이우희에게 잘해 주고 싶다. 다른 사람을 대하듯 하고 싶다.

하지만 노력해도 그렇게 되질 않았다. 여긴 내 생활 터전이고 그녀는 이제 신입인데 그녀가 다른 곳으로 가 주면 안 될까? 이우희가 움직여 주는 쪽이 더 합리적인 게 아닐까?

말도 안 되는 생각이라는 것을 잘 알면서도 이우희에게로 쏟아지는 화살의 방향을 어떻게 돌려야 하는지 몰랐다. 무엇보다 내가 싸워 오던 편견을 고스란히 다른 사람에게 뒤집어씌우는 나를 어떻게 받아들여야 할지 몰랐다.

내가 이우희를 바라보는 시선이 편견이라니. 편견이 아니라 다른 것이라면 차라리 좋겠다. 편견은 나와 나경이 열렬히 싸우던, 싸우고 있던, 싸워야 했던 대상이다. 편견으로 인해 우리가 얼마나 많이 울었고 무너졌고 상처받았는가. 그런데 그게 내 안에 이렇게 격렬하게 반응하고 있다는 걸 어떻게 받아들여야 하나.

나와 헤어지고 싶다는 나경의 일기를 읽은 이후로 삼 개월 동안 우리는 함께 살았다. 나경은 속초로 이사했다. 우리 두 사람 사이의 문제 때문도, 새로운 사람의 등장 때문도 아니었다. 나경이 회사에서 지방으로 발령받았다. 나경은 나와 상의하지 않았고, 자기에게 다른 선택지는 없다고 말했다.

"영영 가는 것도 아니고 딱 일 년이야. 주말마다 내려올 건데, 뭐."

나경은 주말에 피크닉을 가는 사람의 표정으로 짐을 쌌다. 나는 화를 내려다 참아 누르고, 심통이 난 목소리로 "레모네이드 만들어 줄까?" 물었다. 나경이 나를 바라본다. 나는 그 눈빛이 내게 뭘 말하고 싶은지 도통 알 수 없다.

나경의 옷가지를 접어 트렁크 안에 정리해 넣으면서 알 수 없는 안도감에 어깨가 내려앉는다.

아주 오랜 시간 곁에 머물렀지만 나는 나경을 이해하진 못한다. 그 이해하지 못하는 점 때문에 그녀에게 이끌렸을지도 모른다. 그녀에 대해서 판단하지도 않는다. 내게 그럴 권리가 있다고 생각하지 않는다. 내가 그녀에 대해서 뭘 알고 있는가? 함께 살고 있다고 해서 그녀를 다 알 순 없다. 나는 그녀와 살면서 대화하고 서로 먹을 걸 챙겨 주고 안아 주고 함께 음악을 듣고 산책을 한다. 같이 뭔가를 하고 있을 뿐, 우린 같은 공간에 있을 뿐, 같은 시간을 살고 있을 뿐, 함께 있을 뿐, 서로 사랑할 뿐이다.

그리고 나와 헤어지고 싶어 하는 나경. 그 마음에 대해 우리 두 사람은 아직 대화를 나누어 본 일이 없었다. 내가 짐작했던 것처럼 당장 그 일이 일어날 것 같지도 않다. 평소 자기 생각을 툭툭 내던지는 것처럼 일기도 그런 식으로 쓰는 건지, 아니면 진지하게 마음에 담고 있는데 말 꺼내기가 어려워 망설이는 건지 모르지만 나경의 마음속에서 일어나는 일들에 대해 내가 다 알 수도 없고, 나경을 사랑한다고 해서, 또 우리가 함께 산다고 해서 그럴 자격이 있는 것도 아니다. 우리가 나눌 수 있는 건 함께하는 시간. 그게 전부다.

헤어져야겠다고 생각한다고 해서 그 시간이 덜 소중해지는 것은 아니다. 헤어져야겠다고 생각한다고 해서 진짜로 헤어지게 되는 것도 아니다.

그다음에 떠오른 건 이우희의 얼굴. 그녀가 믿는 신과 종교 활동에 대해서 사실 제대로 알지 못한다. 그리고 그에 대해 판단을 할 필요도, 그래, 나경 말대로 자격도 없다. 그건 내가 나경을 사랑하는 일에 대해서, 그리고 나경과 헤어지는 일과 마찬가지로 이우희와 그녀 주변 사람들이 함께 보내는 소중한 시간이다.

모래가 굴러다니는 것처럼 입안이 껄끄럽다.

"자자, 명주 씨. 이번엔 한 큐에 갑시다."

박 피디가 눈을 찡긋해 보인다.

라나 델 레이의 「영 앤드 뷰티풀」이 나가는 동안 잠시 고개를 돌려 나무 멍을 때린다. 키스데이라서 온통 라디오는 사랑 이야기로 넘쳐난다. 방송국 앞마당은 색색의 꽃나무들로 여기

저기서 폭죽이 터지는 해변처럼 보였다.

오늘도 이우희의 대본은 딱히 와닿지 않았다. 하지만 전처럼 화가 나거나 거슬리지는 않았다. 이건 내 방송이 아니라 우리의 방송이니까. 작가의 방송이기도 하고, 피디의 방송이기도 하고, 조연출의 방송, 게스트의 방송이기도 하다. 그리고 우리에게는 호흡을 맞출 시간이 앞으로 더 남아 있다.

나경의 첫인상은 별로였다. 짜증 나는 스타일이라고까지 생각했었다. 나경과 일 년이나 함께 같은 어학원에 다니면서도 그녀의 존재를 인식하지도 못했다. 처음 말을 걸었던 건 나경이 너무 큰 소리로 떠들고 있어서 주의를 주기 위해서였다. 방송을 마칠 때쯤에는 이우희의 대본이 최고라고 생각하게 될지도 모른다.

"키스데이. 마음 한구석에 누군가 자리 잡았는데 아직도 용기 내시지 못한 분 오늘 방송 끝나고 작은 선물 준비해 보시는 건 어떨까요? 마지막 곡으로 박지윤의 「나무가 되는 꿈」 들으시면서 저는 이만 물러가겠습니다."

디지털시계의 붉은 숫자가 정확히 4시를 알려 주었다. 헤드폰을 벗고 의자에 등을 기댔다. 한 줄기 실바람에 온몸의 긴장이 녹아내리듯, 긴장이 일시에 사라지는 이 순간은 내 일상의 소중한 순간이다.

텀블러를 가방에 넣고, 볼펜을 필통 속에 넣고, 대본을 정리했다. 피디와 음악 감독, 보조 작가가 먼저 나가고 나와 우희 씨가 남았다.

"같이 퇴근할까요?"

내가 물었다. 우희 씨는 대수로운 일이 아니라는 듯 고개를 끄덕였다.

우리 두 사람은 나란히 걸었다. 우희 씨가 나보다 키가 작다고 생각했는데 막상 서 보니 나와 비슷했다. 마른 체구고 얼굴이 작아서 그렇게 보였나 보다. 나는 운동화를 신었고 그녀는 발가락이 보이는 샌들을 신고 있었다.

걸을 때마다 모래 먼지가 일었다.

"불편하지 않아요?"

"별로요."

머리 위로 내리쬐는 태양이 따가웠다. 그녀가 핸드백 속에서 양산을 꺼냈다.

"같이 쓸래요?"

꽃무늬는 질색인데. 하지만 나도 모르게 고개가 끄덕여져서 그녀의 양산 속으로 들어갔다.

"양산은 처음 써 봐요."

"양산 처음 써 본다는 사람은 처음 만나 봐요."

"그런 사람이 있어요. 여기 이렇게."

"양산이 얼마나 유용하고 편한데."

"눈이 부시지 않아서 좋네요."

양산의 옅은 그늘이 마음을 편안하게 해 주었다.

"난 너무 환한 빛은 좋아하지 않아요. 어쩐지 주눅이 드는 느낌이에요. 너무 환한 사람도 그렇고."

어쩐지 옅은 그늘이 있는 사람이 편했다. 그늘 밑에 앉아 도란도란 나누는 이야기들이 좋았다. 공기놀이는 시시하다고 생각해서 하지 않았다. 그네에서 뛰어내릴 때의 느낌을 즐겼다. 신발창이 바닥을 때리는 소리와 순간 발바닥을 통해 온몸에 스며드는 땅의 기운에 정신이 맑아졌다.

"어릴 때 그네 타다가 뛰어내리기 놀이 해 봤어요?"

그녀는 웃기만 했다.

"공기놀이 좋아했어요?"

역시 대답해 주지 않았다.

"하나만 더 물어봐도 돼요?"

그녀의 입가에 가느다란 미소가 떠올랐다. 대답을 하든 말든 그건 자기 자유라는 거만한 옆모습이다. 단정한 콧날이 예뻤다.

"뭔데요?"

우희 씨는 별 동요하는 기색 없이 차분한 모습이었다. 작은 보폭에는 변함이 없었다.

답변을 들을 수 없을지도 모르겠지만 나는 일단 물어보기로 했다. 침을 꿀꺽 삼키고 난 뒤 간절한 눈빛을 보내며 천천히 입을 열었다. 말을 처음 하는 아이처럼 또박또박 한 글자씩 정확하게 발음했다.

"우희 작가님, 라디오 좋아하는 거 맞죠?"

그녀가 픽 웃었다. 나는 더 용기를 냈다.

"좋아하니까 여기 와 있는 거죠? 그렇죠?"

우희 씨는 고개를 돌려 정면으로 내 얼굴을 바라보았다. 나와 같은 옅은 갈색 눈동자다.

우희 씨가 뭐라고 답할지 몰라 몹시 긴장되었다.

잔뜩 흥분해 있는 나와는 달리 우희 씨는 심드렁한 얼굴이었다. 나를 한번 쏘아보더니 계속 걷기만 했다. 그러다 멈춰 서서 몇 초간 숨을 고르더니 샌들 끝으로 돌멩이를 툭, 차면서 중얼거렸다.

"아, 진짜 어이없어."

그래서 무엇이 될 것인가

김미정 문학 평론가

1. 허점투성이 인간

최정화 소설 속 낯설고 기묘한 분위기는 세계 자체로부터 온다기보다, 우선은 그것을 감각하고 인지하는 인간의 불확실성에서 비롯되는 것 같다. 예컨대 「부케를 발견했다」의 주인공-서술자가 스스로의 진술을 회의하고 결국에는 자기 감각과 기억의 확실성도 질문에 부칠 때, 독자는 이것이 단지 믿을 수 없는 화자라든지 개인의 병리적 차원에 머물지 않는 이야기임을 직감한다. 소설은, 이 세계를 자명한 것으로 상정하는 인식 자체와 그 주체의 불명료함을 수면 위로 끌어올린다. '나는 생각하기 때문에 존재한다.'라는 오래된 인식론의 테제는 물론이고, 내 감각의 자명성(이라 믿어지는 것) 역시 질문에 부친다.

「거실 장 한가운데」는 조금 더 복잡하다. 가령 이런 식의 생각을 먼저 해 본다. 언제나 나의 눈은 모든 것을 보고 있지 않고, 나의 귀는 모든 것을 듣고 있지 않다. 하지만 보이지 않고 들리지 않는 무언가는 늘 나의 신체를 통과하고 그것이 나와 이 세계를 만들어 간다. 소설에서 전개되는 사건은 이처럼 서로 어떤 연관이 있음이 암시될 뿐 그것이 정확히 무엇을 지시하는지는 알 수 없다. 예컨대 아버지의 지인은 왜 그간의 태도를 바꾸어 아버지를 고소했을까. 지인은 왜 이 가족을 따라다닐까. 어머니는 왜 아버지를 고소한 이에게 가족의 행방을 알려 주며 그의 편을 드는 듯한 행동을 할까. 가족이 방문한 개미굴 전시장의 개미는 왜 모두 죽어 있나. 아버지는 왜 다리를 떠는 타인의 행동에 유독 민감한가.

인과의 고리가 지워져 있는 이 서사의 공백은, '거실 장 한가운데'의 비어 있음으로 환유되기도 한다. 그것은 소설에서 내내 핵심적인 무언가로 암시되지만 실제 서사 전개에 있어서는 어떤 직접적 작용을 하지는 않는 일종의 맥거핀이다. 하지만 그것은 인물들에 삼투하면서 소설 속 불가해한 세계를 만들어 내고 있다. 이 공백은 "그사이 어딘가에 우리가 보지 못한 무엇"의 존재 자체를 증명한다. 맥거핀 역시 이러한 인간 인식의 허방을 방법화한 서사의 장치 아니었나. 하지만 지금 이것은 서사적 흥미 요소이기도 하지만 인간 인식의 어떤 허점을 강하게 상기시킨다. 이 소설들이 환기시키듯, 과연 인간은 경험하는 모든 것을 파악하기 위해 애쓰지만 이 세계는 그 노력을 계속

초과해 있다.

'나'의 인식이 도달할 수 없는 무언가에 대한 소설의 관심은, 타인에 대한 시선의 이야기에서도 변주되고 있다. 가령, 「라디오를 좋아해」에는 성적 지향의 차이로 인해 세상의 편견과 혐오에 맞서고 지친 '나'가 등장한다. 하지만 '나'는 소수 종교의 정체성을 지닌 동료와의 관계에서 자신이 겪은 바를 거꾸로 행하는 모순적 인간이기도 하다. '나'로부터 계속 편견과 폄하의 시선을 받으며 서술되던 이우희가 결말부에서야 돌멩이를 툭 차며 "아, 진짜 어이없어."라고 중얼거릴 때 '나'의 시선을 통해 이우희를 읽어 간 독자는 통쾌하면서도 뜨끔해질 것이다. 어쩌면 근본적으로 편견이란, 늘 특정 시선을 경유할 수밖에 없는 인간 인식의 제약과도 관련될지 모른다. 가족이나 애인 등 가까운 이들에게조차 온전히 가닿지 못하며, 타인에 대한 편견으로부터 자유롭지 못한 인간이란 참으로 허약한 구석이 많은 존재인 것이다.

앞서 나의 눈은 모든 것을 보고 있지 않고, 나의 귀는 모든 것을 듣고 있지 않다고 적었던 것은 인간의 감각, 지각의 불확실성과 관련된 것이었다. 그런데 「라디오를 좋아해」 앞에서 그 말은, 그렇기에 우리가 그 감각과 인식의 착오를 늘 기억해야만 하는 이유가 되기도 한다. 편견·혐오란 달리 말해서, 보거나 듣거나 인식하는 '나'의 불완전함과 과오를 망각·착각할 때의 일이기도 하기 때문이다.

2. 그런데 인간은 대체 무슨 일을 행하고 있나

앞서 언급한 소설들이 이렇듯 허점 많은 인간을 여러 방식으로 환기시키고 있다면, 「비지터」는 현재 인간이 무슨 일을 행하고 있는지 강하게 풍자한다. 이 소설은 모든 만물 존재의 대표성을 주장해 온 인간종을 기각시킨 세계를 사변적으로 서사화한다. 「비지터」 속 인데바르인은 "온몸이 갈색으로 빛"나고 "기다란 몸이 사방으로 유연하게 구부러지"며, "열 개의 다리"와 "긴 더듬이", "단단한 껍질을 가"진 종족이다. 인데바르인은 그들의 활동 지원을 위해 인간을 여러 용도와 목적에 맞게 개량, 조작하며 생사를 관리하고 있다. 그들은 인간으로부터 "가장 뛰어난 에너지 효율을 제공"받기 위해 "수많은 고효율-뇌들을 생산"하는 실험을 이어 간다. 이것이, 현재 인간이 비인간 존재와 맺고 있는 관계를 물구나무 세운 설정임은 부연할 필요가 없을 것이다.

현생 인류가 다른 종을 포함하여 생태 전반에 행해 온 약탈과 착취의 오랜 방식을 과감히 미러링하는 이 소설은, 미학적인 낯섦의 효과를 넘어 실제 독자를 압박하고 추궁한다. 소설에서 인간은 "현실에 만족하지 못"하는 종족이었고 스스로 멸망했음을 암시한다. 인데바르족은 '초유기성' 즉 "개체의 개성이 낮은 대신 전체를 사유하는 지성이 발달"한 종으로 설정되어 있다. 인간과 인데바르족의 이런 대비는 현생 인류가 무슨 일을 행하며 지구를 점유해 왔는지 통렬하게 풍자한다. 그러하니 이른바 '개성', '오리지널리티'를 소유하고 있는 '개인'에 기반해 온 근대적 문학과 소설의 형식은 지금 「비지터」의 내용을 담기에는 어딘지 기만적이다. 이 소설의 미러링은 근대 휴머니즘에 기반하는 (근대의) 소설의 전제나 이념까지도 반성적 (reflective)으로 생각하게 만든다.

이러한 포스트 인간론이 지구와 우주 규모로 확장되는 것은 자연스럽다. 근 미래 소설인 「벙커가 없는 자들」은 파국을 맞고 있는 인류의 이야기다. 그런데 이 파국은 소설 속 모든 이에게 공평하게 닥치지 않는다. 대피할 공간(벙커)을 가진 이가 있는 반면, 가지지 못한 이가 있다. 이것이 재난 자체로 인한 차이가 아니라, 그 이전부터의 모순이 누적되어 가시화한 것임을 이해하기란 어렵지 않다. 나아가 소설 속 재난 역시 불가항력적 자연재해가 아니다. 이것은 명백히 인간의 자업자득으로 암시된다. 가령 인류는 대기를 인위적으로 조정하는 단계에까지 이르렀지만, 결국은 그 조절 능력을 완전히 상실하고 파국은 걷잡을 수 없게 되었다. 그들이 대기에 개입할 때 사용한 플라스틱 합성 물질의 폐해는 이미 곳곳에서 나타났지만, 인간은 미봉책으로 재난을 유예시켰을 뿐이다. 지구는 폭설 속에서 서서히 몰락해 가고, 더구나 대피하지 못하고 죽은 시체는 육식 곤충에 의해 잠식당하고 있다. 곤충에게 잠식당했지만 인간의 형상을 유지하는 시체의 묘사 앞에서 저것을 인간이 아니라고 누가 단언할 수 있을까. 또는 만물의 영장을 자임하던 인간과, 인간 아닌 존재는 어떻게 구별될 수 있는가.

이 소설은 육식 곤충이 결국 경비호를 뚫고 들어온 것에서 끝날 수도 있었다. 서스펜스 만점의 결말로 마무리될 수도 있었다는 말이다. 하지만 소설은 주인공이 처음 날씨 통제 센터에 찾아간 날의 사소한 날씨 변화와 그에 대한 농담을 회상하는 장면으로 돌아가면서 돌연 끝난다. 마치 이것이 소설 밖 세계의 현재임을 마지막으로 다시 확인시키듯 말이다. 한때는 사소한 농담거리에 불과했지만 그것이 "거대한 재앙의 전조였음을" 뒤늦게 알게 된 주인공의 회상을 현재 소설 바깥을 향한 경고로 읽지 않을 도리가 없다.

이 '거대한 재앙의 전조'는 「그레이트 퍼시픽 데드 바디 패치」에서도 버전을 달리한 블랙 코미디로 펼쳐진다. 이 소설의 제목은, 실제 플라스틱 쓰레기가 모여 만들어진 태평양의 섬을 패러디했다. 소설 속 섬은 시체로 뒤덮여 있다. 이미 인간과 로봇은 더 이상 구분되지 않는다. 그럼에도 사람들은 로봇과 인간을 구분하지 못해서 서로 불안해하고 적대시한다. 인간에 집착하면 할수록 인간의 의미 내용이 공허해지는 이 세계는 오히려 우스꽝스럽다. 한편, 섬에 인간과 동물의 시체가 끊임없이 쌓여 가는 순간에도 계속 새로운 로봇이 태어난다. 그 이유는 다음 마지막 문장이 간명하게 요약한다. "왜냐하면 블러가 값싸고 편리했기 때문이다."

소설 속 세계는 힘들거나 번거롭거나 사소하게 여겨지는 일을 모두 로봇에게 전담시켰다. 싼값의 로봇은 편하게 이용되고 곧 버려진다. 이것이 단지 플라스틱뿐 아니라, 인간이 소위 자연과 맺어온 관계 혹은 이 세계의 본래 존재하던 것들을 저렴하게 사용하면서 그 가치마저 저렴하게 만들어 온 인간-자연 관계의 알레고리임은 말할 것도 없다. 이때 특히 주목하고 싶은 것은 이 설정에 강력한 배경으로 놓여 있는 자본주의의 문제다. 오늘날을 인류세라는 말 대신 자본세라고 말해야 한다는 항간의 목소리가 있다. 현재 지구의 문제는 자본주의를 통한 인간의 개입이 본격화한 시기부터 폭발한 것이므로 인류세라는 말은 문제의 근원을 충분히 조명하지 못한다는 요지의 이야기다.

실제 소설에서 환기되듯, 인간과 자연 혹은 기후 위기의 문제는 단지 인간이라는 종에 한정하여 생각할 것이 결코 아니다. 자본주의는 곧 생명(zoe)의 그물로 작동해 왔다. 존재에 대한 자본주의적 착취·수탈이 이 세계의 성차별, 인종 차별, 종차별 등의 위계 구조와 불가분이 아니라는 사실도 이제는 폭넓게 인지되고 있다고 생각한다. 또한 소설 속, 자멸을 예감하면서도 일회용 로봇에 의존하는 사람들의 욕망은 결국 편리함, 효율, 저렴함 같은 것들에 정향되어 있다. 이것이 정확히 '자본주의'가 추구해 온 언어이자 가치였음은 누구나 잘 알고 있을 것이다. 요컨대 현재 인류가 직면하고 있는 문제들은 인간-자연과 자본주의의 복잡한 얽힘의 결과다.

3. 이 모든 것의 배후, 자본주의

이러한 인간, 생태, 자본주의 등의 복잡한 얽힘이 깊이 사유되고 있는 소설이 「고양이 눈」이다. 이 소설은 일제 강점기 경성의 토막민 거주지에서 펼쳐지는 기층민들 이야기다. 이것은 일종의 알레고리로서, 2010년대 서울 몇몇 지역을 중심으로 제기된 젠트리피케이션의 문세를 서사화한 것이라 짐작할 수 있다. 소설 속 아이러니는 "진짜 가게 주인 일"은 "가게를 사서 가게 주인 일을 할 사람들을 찾는 거"라는 대목에 명료하게 요약되어 있다. 오늘날 자본주의의 토지 수탈(젠트리피케이션) 메커니즘을 이처럼 적확하게 포착한 말도 찾기 어려울 것이다. 게

다가 이 소설의 알레고리는 메시지의 효율적 전달(의미의 일대 일 대응)을 위해서만 차용되고 있지 않다. 조금 구체적으로 생각해 본다.

우선, 시공간 배경 설정으로 인한 것이겠지만, 제국 일본인과 식민지 조선인 사이의 압도적인 힘 관계가 먼저 눈에 띈다. 그 선악 관계가 너무도 분명하니(예컨대 그림자군의 폭력에 어떤 반항도 하지 못하고 당하기만 하는 주인공) 얼핏 1920년대 이른바 신경향파 소설이 떠오르기도 한다. 이러한 재현법은 오늘날 서사에서 아주 낯선 것이고 기피되는 편이기도 하다. 오늘날 세계가 뚜렷한 전선(戰線)에 의해 작동하지 않는다고 여기는 이들은 이러한 세계 인식·조망의 방식에 썩 동의하지 않을 수도 있다. 하지만 이 세계에는 전선과 가치들의 모호함 이면을 여전히 가로지르는 압도적 힘 관계와 거기에서 기인할 분명한 폭력이 존재한다. 그것이 사라졌거나 희미해졌다고 여겨지는 감각이야말로 어쩌면 지금 질문의 대상이어야 한다.

'지구 멸망을 상상하는 것보다 자본주의의 멸망을 상상하는 것을 더 어려워하는 세태'에 대한 지적도 빈번했다. 그리고 이는 '자본주의 리얼리즘'(마크 피셔) 같은 말로 비판되기도 했다. 참고하자면, 마크 피셔의 말은 자본주의 바깥이 없다는 비관론을 비판하며, 자본주의가 일종의 믿음과 신앙의 체계임을 지적한 것이다. 하지만 그의 말은 마치 지금 우리가 자본주의를 굳이 말할 필요 없다는 생각에 알리바이가 되거나, 바깥에 대한 상상력 자체를 봉쇄하는 말처럼 통용되고 있다. 이와 관련하자면 오늘날, 자본주의를 말할 때 과거식의 큰 이야기의 회귀라고 여기는 경향도 있다. 하지만 강조컨대 지금의 이야기는 이 세계의 관계적 조건 혹은 '생명의 그물 속 자본주의'(제이슨 M. 무어)에 대한 더없이 사실적인 이야기다.

이런 맥락에서 「고양이 눈」은 이 매트릭스 속에서 선택지가 과연 없을지, 또한 우리의 상상력이 무언가에 의해 가두어진다면 그것이야말로 문제가 아닐지 묻고 있다. 소설에서 가게를 사들이는 일본인 아카마 기후는 자본주의의 의인화처럼 읽힌다. 그의 외양 묘사가 흥미롭다. 그는 "검버섯이 군데군데 내려앉았고 지팡이를 짚고 겨우 거동하고" 있으며 의사 표명도 간신히 할 뿐인 존재로 묘사된다. 대신 아카마 기후의 수족인 하수인들은 그를 건재한 존재인 양 비호하고 있다. 그의 무너져 가는 모습은 분명 지금 자본주의라는 시스템을 겹쳐 읽게끔 한다. 아카마 기후와 하수인의 대화 장면은 실제로 오늘날 자본주의가 스스로의 위기를 타개하기 위해 온갖 처방을 꾀하며 연명하는 장면 및 그것을 은폐하는 방식을 연상시킨다.

또한 이 소설은 선/악, 지배/피지배의 이분법적 전선을 단지 불변의 것으로만 그리지 않는다. 소설에는 자본주의가 어떻게 미세하게 변화해 왔는지, 그 현 단계에 대한 직관적 포착도 선명하다. 가령, 아카마 기후의 하수인도 주인공처럼 기후에게 저항하던 이였음이 암시되지만, 그는 기후의 애완(여기에서는 정확히 '애완'이라는 말을 써야 한다) 고양이가 되었다. 이 소설이 알레고리화한 자본주의는 이처럼 오늘날 우리 욕망이나 취약함을 공모시켜서 안/밖 없는 세계를 작동시키기도 한다. 인물들이 고양이로 변해 가는 것도, 우선은 피지배, 쓰레기의 자리로 밀려나는 기층민의 상황에 상응한다. 하지만 이 설정에서 더 읽게 되는 것은, 오늘날 자본주의가 억압이나 착취 장치일 뿐 아니라, 공모시키고 회유하면서 존재들을 시스템의 노드로 만드는 부드러운 전제(tyranny) 장치라는 사실이다.

그렇기에 이 소설의 마지막 장면은 매우 상징적이라고 생각한다. 앞서 이야기했듯 지금의 통치술은 저항하던 이들마저 회유하고 포섭하는 유연성을 갖고 있다. 소설은 고양이로 변하는 '나' 역시 아카마 기후의 하수인이 되리라 암시하면서 끝날 수도 있었다. 그것도 충분히 소설적이라고 생각한다. 하수인도 그러했고 '나' 역시 그 전철을 밟아 가는 것을 암시하고 있기 때문이다. 또한 앞서 말했듯, 무엇보다도 오늘날 '바깥은 없다.'라는 사실을 재확인시키는 쪽이 더 자연스러운 결말처럼 여겨지는 시대의 감수성도 분명 존재하기 때문이다. 하지만 소설은 그러하지 않았고 다음과 같은 문장으로 끝을 맺는다. "나는 힘껏 뛰어올라 아카마 기후의 얼굴을 향해 달려들었다."

이 문장의 박력은 결코 낡은 것이 아니다. '바깥 없음'을 자연화하고 그것에 더는 질문하지 않으려 하는 익숙함에 대해, 이 소설은 단호하게 그것에 동의하지 않는 용기를 보여 준다. 더구나 그 힘은 초월적인 외부가 아니라, 내가 이미 가지고 있는 것에서 비롯된다. 즉, 아카마 기후의 얼굴을 할퀴는 발톱은 바깥에서 조달되거나 여기를 초월하는 방식이 아니라, 자기 안에 감추고 있다가 드러낸 것이다. 이 세계의 안쪽으로 접힌 부분을 바깥으로 뒤집고 역전시키는 일종의 내파(內破)의 상상력과 방법이 이 장면에 있다.

4. 어떤 존재가 될 것인가

마지막으로 이번 소설집 전체에서 개인적으로 가장 아껴 읽은 소설 이야기를 해야 할 것 같다. 「쑤안의 블라우스」는 스무 살 무렵부터 봉제 일을 시작했고 지금은 봉제 공장 사장이 된 사람의 이야기다. 소설은 쪽방촌 화재로 이주 노동자 한 명이 중태에 빠졌다는 진술에서 시작한다. 이어지는 것은, '나'의 공장에 쑤안이라는 이주 노동자가 일하러 온 사연이다.

쑤안은 봉제 일에 서툴다. 그렇기에 어디에서든 환영받지 못했을 것이다. '나'는 그녀를 통해 젊은 시절을 떠올리고, 야학에서 배운 것들을 생각한다. 그런데 다시 오지 않으리라 생각한 그녀가 다음 날 또 공장에 온다. 전날과 비슷한 생각으로 그녀를 되돌려보내지만, 쑤안은 다음 날 또 '나'의 공장에 온다. 같은 하루가 되풀이되고 있다. 그러던 네 번째 날 다시 쑤안이 왔을 때는 어딘지 다르다. 그녀는 전날처럼 일을 하고 자기가 한국에 와서 처음으로 완성한 옷이라며 블라우스 한 장을 '나'에게 건네며 인사를 하고 돌아간다. 그리고 다음 날 '나'는 사흘 전화재로 중태에 빠진 베트남 여자가 숨을 거두었다는 소식을 듣는다.

과거 봉제 공장 시절을 기억하고 쪽방촌의 취약함을 잘 알고 있는 '나'의 시선을 통해 소설은 변한 것과 변하지 않은 것을 유려하게 대비시켜 보여 준다. 리얼리즘 서사를 비틀고 조금씩 이격을 만들거나, 거기에 환상성을 틈입시키는 작가의 방법은 이 소설에서 특히 빛을 발한다. 고마운 마음을 표현하고 이승을 뜨는 영혼에 대한 기담(奇談)은 어딘지 익숙하지만, 이 기담에 스며 있는 녹진한 리얼리티와 애도의 염(念)은 옷깃을 여미게 하는 바가 있다.

위치가 달라져도 역지사지할 줄 아는 주인공의 심상은, 젊은 시절 노동 현장에서의 야학 경험과 관련된다. 주인공은 "내가 이득 본 일이 없어도 상대의 입장에서 생각하는 방법을" "1979년, 시정의 배움터에서 배웠다."라고 말한다. 또한 그곳

246

이 아니었다면 "일하는 시간과 잠자는 시간밖에 없었을 것이" 며, "일을 하는 데 걸맞은 대우를 받고 당당해질 수 있어서 배움 터가 좋았다."라고 서술된다. 내가 경험한 윤슬 같은 시간은 과 거-현재-미래, 그리고 나-타자를 잇는다. 내가 누군가로부터 받은 것은 훗날 또 다른 누군가에게 대가 없이 전해지기도 한 다. 생존의 고단함 속에서 만난 배움터의 경험이 어떤 의미였 고 그것이 어떻게 시간과 존재를 연결시키는지에 대한 이치가 여기에서 소설과 역사와 누군가의 삶을 가로지르며 선명하게 빛을 낸다.

　이러한 느슨하지만 견고한 유대와 연대의 끈은, 자신이 추 구하는 가치에 대해 단호한 인물들의 심성과도 닿아 있다. 한 인물은 "내게는 지키고 싶은 가치가 있었다."라고 말한다. 그 는 "그 가치라는 것이 단지 과거의 특정 시점에 유용한 도덕률 에 불과하"거나 "그게 내가 잠시나마 누린 사치라고 해도 좋았 다."라고도 말한다(「벙커가 없는 자들」). 또한 "내게는 해선 안 되 는 일은 하지 않는다는 원칙 같은 게 있었다."라고 말하는 이도 있다(「고양이 눈」). 이들이 지키고자 하는 '가치'란 세상이 권장 하는 도덕률, 자본주의적 가치 법칙 같은 것과는 무관하다. 나 에게 강요하거나 회유하는 목소리 앞에서, 그것의 옳고 그름을 판별하고 단호하게 내가 옳다고 믿는 것을 말하는 용기를 이들 은 가지고 있다. 소설 속 인물들이 추구하는 가치에 대한 단호함과 타협하지 않는 원칙들이란, 분명 작가가 세계를 바라보는 시선 및 관점과 관련될 것이다.

　인간이란 무엇이며, 인간은 지금 대체 무엇을 행하고 있는 지 질문하는 최정화의 소설들은 "모든 고귀한 것은 어려울 뿐만 아니라 드물다."라는 어느 철학서의 마지막 문장을 떠올리게 한다. 오늘날 세계를 생각할 때, 자기 보존의 방어적 심상이 냉소나 절망과 뒤섞이는 경향도 적지 않은 것 같다. 하지만 이 소설들은 지키고 싶은 것을 지켜 내는 마음이 얼마나 고귀하고 어렵고 드문지 굳고 단정하게 말한다. 『날씨 통제사』의 소설들은 인간에 대한 전방위적 질문의 끄트머리에서 '어떤 인간이 될 것인가?'라는 질문을 슬쩍 던져 놓는다. 물론 이것은 근대적 의미의 휴머니즘 쪽 의미가 아니라, 가령 오늘날 '포스트 휴먼' 같은 말이 함축하는 의미에서의 질문이다. 이때 이 소설책을 덮으며 독자는 생각을 이어갈 수 있을 것이다. 그것이 적어도 스스로의 자명성을 의심치 않는 인간, 만물의 영장이라는 특권성을 주장해 온 인간, 자립적 개체임을 독아적으로 강조하던 인간, 서로 배척하고 혐오하는 인간, 당장의 효율과 편리함에 미래를 내맡긴 인간, 생태의 그물 속 모든 존재를 착취·수탈하는 메커니즘 속 인간은 아니어야 한다고 말이다.

작가의 말

주제에 대한 열정이 이 소설들을 쓰게 했다. 소설을 박차고 나가야 하는 때가 아닌지 스스로에게 묻곤 했는데, 지극히 내성적인 내게는 소설이야말로 현실에 뛰어드는 가장 적극적인 통로라는 걸 깨달았다.

책을 만드는 동안 많은 분들의 도움을 받았다. 『시다의 꿈』을 기획하고 진행한 유현아 시인, 기꺼이 여성 봉제 노동자의 삶을 들려준 홍경애 언니, 환경 문제로 시무룩해져 있을 때 "그럼 그걸 써요!"라고 명쾌하게 조언을 던졌던 김미정 평론가에게 감사하다. 떠올리면 마음이 따뜻해지는 정용준 소설가가 추천사를 써 주어 고맙다. 또, 넉넉한 사람 강소영이 가까이에 있어 든든하다. 책을 엮는 동안 즐겁게 이끌어 준 한아름 편집자에게도 감사를 전한다. 누구보다 이 소설들을 쓰는 동안 함께해 준 고양이 먼지에게 고맙다.

써야 할 이야기가 많다. 써야 하는 이야기를 잘 쓰고 싶다.
잘 써서 사람들의 마음을 움직이고 세상을 변화시키고 싶다.

조금 더 유쾌해지고 싶다. 적절해지고 싶다. 단단해지고 싶다.

여전히 모기가 날아다니는 2022년 겨울
최정화

수록 작품
발표 지면

그레이트 퍼시픽 데드 바디 패치 『현대문학』 2021년 7월호
벙커가 없는 자들 『창작과비평』 2021년 겨울호
비지터 『백조』 2021년 가을호
쑤안의 블라우스 전태일기념관, 『시다의 꿈』, 2019년 12월
고양이 눈 『문장웹진』 2020년 3월호
부케를 발견했다 열린책들, 『부케를 발견했다』, 2018년 12월
거실 장 한가운데 『문장웹진』 2018년 1월호
라디오를 좋아해? 큐큐, 『인생은 언제나 무너지기 일보 직전』,
2019년 9월

날씨
통제사

초판 1쇄 발행 2022년 12월 16일

지은이 • 최정화
펴낸이 • 강일우
편집 • 한아름
조판 • 이주니
펴낸곳 • (주)창비교육
등록 • 2014년 6월 20일 제2014-000183호
주소 • 04004 서울특별시 마포구 월드컵로12길 7
전화 • 1833-7247
팩스 • 영업 070-4838-4938 | 편집 02-6949-0953
홈페이지 • www.changbiedu.com
전자우편 • contents@changbi.com

ⓒ 최정화 2022
ISBN 979-11-6570-179-6 03810

* 이 도서는 한국문화예술위원회의 2022년도 아르코 문학 창작 기금 지원 사업에 선정되어
  발간된 작품입니다.